请你安静些，好吗？

BE QUIET, PLEASE?

WILL YOU PLEASE

〔美〕雷蒙德·卡佛 著
小二 译

Raymond
Carver

南海出版公司

新经典文化股份有限公司
www.readinglife.com
出　品

目录

Contents

肥

我坐在朋友丽塔家里，边喝着咖啡抽着烟，边和她说这件事。

下面是我跟她讲的。

那是个清闲的星期三，荷伯把这个肥胖的男人带到我这里时，天色已经不早了。

这是我有生以来见过的最肥的人，尽管他看上去挺干净，穿着也够得体。他身上所有东西都很大。但最让我难忘的是他的手指。我停下来照料他邻桌的一对老夫妇时，首先便注意到他的手指。它们看上去有常人手指的三倍大——又长、又粗，像奶油做的。

我还得照顾其他桌的客人，一桌是四个做生意的，非常难伺候。另一桌是三男一女，再加上这对老夫妇。利安得已经给胖子倒好了水，我过去之前给了他足够的时间拿主意。

晚上好，我说。可以为您服务吗？我说。

丽塔，他块头很大，称得上巨大。

晚上好，他说。你好，可以，他说。我想我们可以点餐了，他说。

他的这种说话方式——很奇怪[①]。你也这么觉得吧。他还经常发出些轻微的喘息声。

我想我们先来个凯撒沙拉，他说。然后来碗汤，多配些面包和黄油，如果可以的话。羊排，我想不会错，他说。烤土豆加上酸奶油。我们待会儿再考虑甜点。非常感谢，他说，然后把菜单还给了我。

天哪，丽塔，那些手指头啊。

我快步走进厨房，把单子递给鲁迪，他接过单子时做了个鬼脸。你知道鲁迪，他上班时就那个德行。

我从厨房出来时，玛戈——我和你提到过玛戈吗？就是追鲁迪的那一个？玛戈对我说，你的胖子朋友是谁？他真是肥得可以。

这只是一部分，我觉得这只是故事的一部分。

---

① 说话者只有一人，但他一直使用复数“we”（我们）。

我是在他的桌上做的凯撒沙拉，他一边看着我的一举一动，一边给面包片抹黄油，把抹好的放在一侧，在这期间他一直发出一种呲呲的喘气声。结果，我不知道是太紧张了还是怎么搞的，一下子打翻了他的水杯。

真对不起，我说。当你匆匆忙忙时往往会这样。真的很抱歉，我说。您没事吧？我马上让服务生过来收拾干净，我说。

没事，他说。没关系的，他说，喘了口气。别担心，我们不介意的，他说。我去找利安得时，胖子还冲我微笑并挥挥手，回来给他上沙拉时，我看见他把面包和黄油都吃光了。

过了一会儿，我给他拿来了更多的面包，而他已经把沙拉吃完了。你知道这些凯撒沙拉的分量有多大吗？

你真好，他说。面包太好吃了，他说。

谢谢您，我说。

嗯，太好了，他说，我们说的是实话。我们并不总是这么爱吃面包的，他说。

您是从哪儿来的？我问他。我好像从来没见过您，我说。

他不是那种你会轻易忘掉的人，丽塔窃笑着插了一句。

丹佛，他说。

尽管有点好奇，我没再说什么。

先生，您的汤一会儿就好，我说着，走到四个生意人那桌做了点扫尾工作，非常难伺候。

给他上汤的时候，我发现面包又没了。他正把最后一片往嘴里送。

相信我，他说，我们不是每次都这么个吃法的。喘气。请你原谅我们，他说。

别担心，我说。我就喜欢看人享受自己的食物，我说。

我也不知道，他说。我想可能是吧。喘气。他理了理餐巾。然后拿起勺子。

天哪，他可真够肥的！利安得说。

他也没办法，我说，闭上你的嘴。

我又放了一篮面包和一些黄油。汤怎么样？我说。

谢谢，很好，他说。非常好，他说。他用餐巾擦干净嘴唇，又轻轻抹了抹下巴。是这儿本来就热还是我的原因？他说。

不是啦，这儿本来就热，我说。

也许我们应该把外套脱了，他说。

请便，我说。舒服最要紧，我说。

说得对，他说，说得非常对，他说。

但过了一会儿我见他仍然穿着外套。

我的两大桌客人已经离开了，那对老夫妇也走了。地方一下子空了下来。等我给胖子送上羊排、烤土豆和更多的面包、黄油时，他是唯一的客人了。

我在土豆上放了很多的酸奶油。在酸奶油上撒了些咸肉末和细香葱。我给他拿来了更多的面包和黄油。

一切都还好吧？我说。

好，他说，喘气。棒极了，谢谢你，他说，又喘了几口。

请慢用，我说。我打开糖罐的盖子，向里看了看。他点着头，在我离开前一直看着我。

我现在明白了当时我是在找些什么。但我不确定到底是什么。

那个大肚皮怎样了？他会让你跑断腿的，哈里特说。你知道哈里特。

甜点，我对胖子说，我们有特制的绿灯笼，就是加了调味汁的布丁蛋糕，有乳酪蛋糕、香草冰激凌，还有菠萝雪葩。

我们没耽搁你吧，有没有？他说，喘着气，看上去有点担心。

没有没有，我说。当然没有，我说。慢慢来，我说。您先想着，我去给您添点咖啡。

那我们就照直跟你说吧，他说。他在椅子上动了动身体。我们想要特制甜点，但我们还想要一碟香草冰激凌。如果可以的话，上面加一滴巧克力糖浆。我们跟你说过我们饿坏了，他说。

我去厨房查看他的甜点。鲁迪说，哈里特说你从马戏团弄来个胖子，是真的吗？

鲁迪已经把他的围裙和帽子脱掉了，你知道我的意思。

鲁迪，他是很胖，我说，但这不是全部。

鲁迪只顾哈哈大笑。

看来她对肥胖的玩意儿感兴趣，他说。

最好小心点，鲁迪，刚走进厨房的乔安妮说。

我有点吃醋了，鲁迪对乔安妮说。

我在胖子面前摆上特制甜食和一大碗香草冰激凌，把巧克力糖浆放在旁边。

谢谢你，他说。

别客气，我说——我突然有点感动。

信不信由你，他说，我们不是每天都这么个吃法的。

我，我吃呀吃呀还是吃不胖，我说。我倒是想增点重量，我说。

千万别，他说，如果我们有其他选择的话，别这么做。但是没有选择。

接着他拿起勺子，继续吃。

然后呢？丽塔说，点着一根我的香烟，把椅子朝桌子拉近了点。故事变得有趣了，丽塔说。

完了。没别的了。他吃完甜点就走了，然后我们俩就回家了，我和鲁迪。

真是头肥猪，鲁迪说，像他平时累了那样伸了个懒腰。然后他只是笑了笑，接着看他的电视。

我烧上泡茶的水，去冲了澡。我把手放在肚子上，想着如果我有了孩子，其中一个变得那么胖，会怎样。

我把水倒进壶里，摆好杯子、糖罐和奶，端着托盘来到鲁迪面前。他好像一直在想这件事。鲁迪说，我小时候认识一个胖子，是两个，非常胖的家伙。天哪，他们是胖墩。我不记得他们的名字了。“肥猪”，这是其中一个孩子唯一的名字。我们都叫他“肥猪”，那个小孩就住在我隔壁，是我邻居。另一个孩子是后来的，他的名字就叫“站不稳”。除了老师以外大家都叫他“站不稳”。“站不稳”和“肥猪”。我要是有他们的照片就好了，鲁迪说。

我想不出来能说点什么，我们坐着喝茶，很快我就起身去睡觉了。鲁迪也站了起来，关了电视，锁上前门，开始解衣扣。

我一上床就移到床沿，面朝下趴在那儿。但鲁迪关灯上床后，马上就动了起来。虽然这是违背我的意愿的，我还是翻过身来，并稍稍放松。可奇怪的事情发生了。当他爬到我身上后，我突然觉得自己非常胖。我觉得自己肥胖无比，胖到鲁迪就像个小不点一样，几乎从那儿消失了。

这个故事非常有意思，丽塔说，但我看得出来她有点摸不着头脑。

我感到沮丧，但我不想和她说这个。我已经跟她说得太多了。

她坐在那儿等着，优美的手指拨弄着头发。

等什么？我想知道。

现在是八月。

我的生活将会发生改变。我感觉到了。

邻居

比尔和阿琳·米勒是对快乐的夫妻。但有时他们觉得孤独，因为他们被圈子里的人甩在了后面，比尔还在做他的会计工作，阿琳依然忙于她的秘书事务。他们有时谈起这个，主要是跟他们的邻居哈里特和吉姆·斯通的生活作比较。在米勒两口子看来，斯通家的日子更充实，更有希望。斯通家不是去外面吃晚饭，就是在家里招待客人，或者就借着吉姆工作的机会到全国各地旅行。

斯通家就在米勒家的对门。吉姆是机器配件公司的销售，他常把公差和私人度假结合起来。这次，斯通夫妇要外出十天，先去夏延，再去圣路易斯拜访亲友。他们不在时，米勒夫妇会帮他们照看公寓，喂猫，给花草浇水。

比尔和吉姆在车旁握手。哈里特和阿琳互挽着手臂，在嘴唇上轻吻了一下。

“玩得开心。”比尔对哈里特说。

“我们会的，”哈里特说，“祝你们也过得愉快。”

阿琳点点头。

吉姆冲她眨了下眼。“再见，阿琳。照顾好老头子。”

“我会的。”阿琳说。

“玩得开心。”比尔说。

“那还用说。”吉姆说，轻轻捶了一下比尔的胳膊。“再次感谢你们。”

斯通两口子开车离开时挥了挥手，米勒夫妇也挥了挥手。

“嗯，真希望是我们。”比尔说。

“天晓得，我们真是需要度个假了。”阿琳说。她拉过他的手臂环在腰上，一起上楼回了公寓。

晚饭后阿琳说：“别忘了。猫咪第一晚吃肝味食物。”她站在厨房门口，叠着哈里特去年从圣达菲带给她的手工桌布。

进入斯通家的公寓时，比尔深吸了口气。空气已经有些沉闷，似乎带着点甜味。电视上方日出造型的座钟指向八点半。他记得当初哈里特带着这台钟回家时，是怎样拿来对门给阿琳看的，她搂着黄铜的底座，隔着包装纸和它说话，好像这台钟是个婴儿似的。

猫咪在他的拖鞋上蹭她[1]的脸，然后侧身躺下。比尔走进厨房，从光亮的沥水板上堆着的罐头里选出一罐，这时猫咪噌的一下跳了起来。他留下猫咪吃食，来到卫生间，看了看镜子里的自己，闭上眼，又睁开来。他打开药柜，发现一瓶药，看了看标签——哈里特·斯通，每天一片，遵医嘱——顺手塞进了口袋里。他回到厨房，提了一大壶水去了客厅。浇完植物后，他把水壶放在垫子上，打开了酒柜。他从后面拿出一瓶皇家芝华士，就着瓶口喝了两口，用袖子擦了擦嘴，把酒瓶放回原处。

猫咪在沙发上睡觉。他关了灯，慢慢地带上门，确认关好了。他觉得自己落下了什么。

“怎么这么长时间？”阿琳说。她正跪坐在那儿看电视。

“没事。逗了一会儿猫咪。”他说，蹭到她身边，抚摸着她的胸部。

“我们上床吧，宝贝。”他说。

第二天下午，比尔在原本二十分钟的休息时间，少休

① 原文指代猫用了“she”（她）。

息了十分钟，五点差一刻就下班了。阿琳从公共汽车上下来时，他正在停车。他等她进楼后才冲上楼梯，好在她从电梯里出来时和她碰个正着。

“比尔！老天，你吓我一跳。你回来早了。“她说。

他耸耸肩。“工作那边没什么事情。”他说。

她让他用她的钥匙开了门，他瞟了眼对门，跟着她进了屋。

“我们上床吧。”他说。

“现在？”她笑了起来，“你这是怎么了？”

“没什么。把衣服脱了。”他笨拙地去搂她。她说：“我的天哪，比尔。”

他解掉他的皮带。

后来他们叫了中餐外卖，饭送来后他们狼吞虎咽地吃着，听着唱片，一言不发。

“别忘了喂猫咪。”她说。

“我也正想着这件事呢，”他说，“我马上过去。”

他为猫选了一个鱼味罐头，然后给水壶加满水去浇花。他回到厨房时，猫正在猫砂盆里抓着。她盯着他看了一会儿，又回到猫砂盆里。他打开所有的碗柜，查看罐头食品、麦片、袋装食品、鸡尾酒杯和红酒杯、瓷器、罐子和平底锅。他打开冰箱，闻了闻芹菜，咬了两口切达奶酪，啃着一个苹果走进卧室。床显得巨大无比，盖着蓬松的白色床罩，一直拖到地板上。他打开床头柜的一个抽屉，看见半包香烟，把它塞进了口袋。然后他向壁橱走去，正要打开它时，听见了前门的敲门声。

他去开门时路过卫生间，冲了抽水马桶。

“怎么这么久？”阿琳说，“你在这儿都一个多小时了。”

“真的吗？”他说。

“当然是了。”她说。

“我上了趟厕所。”他说。

“你自己家里有厕所。”她说。

“等不及了。”他说。

那晚他们又做了爱。

早晨他让阿琳打电话替他请假。他冲完澡，穿上衣服，做了点清淡的早餐。他想看书。他出去走了一圈，感觉好多了。过了一会儿他回到公寓，双手还插在裤兜里。他在斯通家门口停了停，期望能听见猫的动静。然后他走进自己家门，去厨房取钥匙。

屋里似乎比他的公寓要凉快些，也暗一些。他怀疑植物对温度有影响。他向窗外看了看，然后慢慢地穿过每个房间，琢磨着见到的每样东西，非常仔细地，一件一件地看过去。他看到了烟灰缸、各式家具、厨房用具和时钟，每样东西都看了一遍。最后他走进卧室，猫出现在他脚下。他摸了她一下，把她抱进卫生间，关上了门。

他在床上躺着，眼睛盯着天花板。他闭着眼躺了一会儿，然后把手伸进裤带下面。他试图回想今天是几月几号，回想斯通两口子回来的日子，然后琢磨起他们是否还会回来。他已记不得他们的长相、穿着和说话的样子了。他叹了口气，艰难地翻身下床，靠在梳妆台上，看着镜子里的自己。

他打开壁橱，选了件夏威夷衬衫。他又翻了半天，找到一条烫得平平的、挂在一条棕色斜纹布裤子上面的百慕大短裤。他脱掉自己的衣服，穿上短裤和衬衫，又照了照镜子。他去客厅倒了杯酒，呷着酒往回走。他穿上蓝衬衫、深色西装，戴上蓝白相间的领带，穿上黑色的尖皮鞋。酒杯空了，他又去倒了一杯。

再次回到卧室，他在一把椅子上坐下来，翘着腿，微笑着，看着镜子里的自己。电话响了两下，没再响下去。他喝完酒，脱掉西装外套。他在上面的抽屉里乱翻了一通，找到一条女式内裤和一件胸罩。他穿上那条内裤，系紧胸罩，又在壁橱里找外面穿的。他穿上一条黑白格子裙，想把拉链拉上。他套上那件前襟带扣子的紫红色上衣。琢磨了好一会儿她的鞋，断定它们实在是不合脚。他站在客厅的窗前，隔着窗帘向外看了很久。然后回到卧室，把衣服都脱了。

他一点都不饿。她吃得也不多。他们有点害羞地看着对方，微笑着。她从桌旁站起身来，确定钥匙在架子上，很快地把碗洗了。

他站在厨房门口，吸着烟，看着她拿起钥匙。

“我去对门时你好好歇着，”她说，“看看报什么的。”她攥紧钥匙。他看上去，据她说，有点疲惫。

他想把注意力集中到新闻上，看了一会儿报纸，又打开电视。最后，他去了对门。门是锁着的。

“是我，你还在里面吗？宝贝。”他叫道。

过了一会儿锁才打开，阿琳走出来，顺手带上了门。“我去了很久了吗？”她说。

“嗯，是的。”他说。

“是吗？”她说，“肯定是逗猫咪玩得太久了。”

他琢磨着她，她把头转向一侧，手还握着门把手。

“真奇怪，”她说，“我是说——像这样进到别人家里。”

他点点头，把她的手从把手上拿开，拉着她往自己家走。他打开公寓的门。

“是很奇怪。”他说。

他注意到她背后的毛衣上粘着白色线头，她的脸通红。他开始吻她的脖子和头发，她也回身吻他。

“哦，该死，”她说，“该死，该死。”她像小女孩一样拍着手叫道：“我刚想起来。我彻底忘了我要去做的事。我没喂猫咪，也没给植物浇水。”她看着他，“是不是很蠢？”

“我不觉得，”他说，“等一会儿。我拿上烟，和你一起过去。”

她等着他锁上门，然后拉着他满是肌肉的胳膊，说：“我想我该告诉你。我发现了一些照片。”

他在走廊中间停了下来。“什么样的照片？”

“你自己去看吧。”她说，注视着他。

“是吗，”他咧嘴一笑，“在哪里？”

“在一个抽屉里。”她说。

“是吗。”他说。

然后她说：“也许他们不会回来了。”说完就对自己的话感到很吃惊。

“有可能，”他说，“什么都可能发生。”

“或者也许他们会回来，而且……”但她没把话说完。

他们拉着手走过短短的过道。他说话时，她几乎听不见他的声音。

“钥匙，”他说，“把钥匙给我。”

“什么？”她说，瞪着那扇门。

“钥匙，”他说，“钥匙在你那儿。”

“我的天哪，”她说，“我把它忘在里面了。”

他试了试门把手。锁着的。她跟着试了试，转都转不动。她张着嘴，呼吸加重，期待着。他张开手臂，她扑了进去。

“没关系的，”他对着她的耳朵说，“看在老天的分上，放松点。”

他们站在那儿，抱着对方。他们靠着大门，像是在抵挡一阵大风，极力保持着平衡。

主意

晚饭后，我已经在厨房餐桌旁黑着灯坐了一个小时，注视着外面。今晚他要是想干这件事的话，现在是时候了，甚至都晚了一点。我已有三晚没见到他了。但今晚卧室的窗帘开着，里面灯火通明。

直觉告诉我今晚有戏。

然后我就看见了他。他打开纱门，从房子后面的门廊上走了出来，穿着T恤衫和既像百慕大短裤又有点像游泳裤的东西。他先向四周张望了一下，就从门廊上跳进了阴影里，沿着房子的一侧往前走。他动作很快。如果不是一直盯着，我根本就发现不了他。他在亮着灯的窗前停了下来，向里张望着。

“弗恩，”我喊道，“弗恩，快一点！他出来了。你最好快点！”

弗恩在客厅里读报纸，电视开着。我听见他扔下了报纸。

“别让他看见你！”弗恩说，“别在离窗子太近的地方站起来！”

弗恩总是这么说：别在太近的地方站起来。我觉得，弗恩对偷看这件事有点难为情。但我知道他乐于此事。他自己也承认。

“灯关着，他看不见我们。”我总是这样回答。这件事已经持续了三个月。准确点说，是从九月三号开始的。起码，那是我第一次看见他在那儿。我不知道在此之前已经进行了多久。

那天晚上我差一点就给警察打电话，直到认出了是谁在那里。幸亏弗恩对我作了解释。尽管那样，我还是花了点时间来弄懂这件事。但从那晚起我就一直监视他，我可以告诉你他平均每两到三晚就出来一次，有时更频繁。我见过他下雨天也待在那儿。实际上，如果下雨的话，我打赌你肯定能见到他。但今晚是晴天，有风，还有月亮。

我们跪在窗子后面，弗恩清了清嗓子。

“你看他。”弗恩说。弗恩在吸烟，需要弹烟灰时他就弹在手掌里。他吸的时候把烟从窗前移开。弗恩总是在吸烟，没有什么能阻止他。他睡觉时烟灰缸就放在离头不到三英寸的地方。我半夜醒来，他会跟着醒来，吸烟。

“天晓得。”弗恩说。

“她有什么其他女人没有的东西？”过了一会儿，我对弗恩说道。我们盘腿坐在地上，只把头露出窗台，看着这个站在自己卧室窗外朝里面张望的男人。

“就那么回事。”弗恩说。他在我耳朵跟前清了清嗓子。

我们紧盯对面看着。

我现在能隐约地看出窗帘后面有个人。她肯定是在脱衣服。但我看不清细节。我睁大眼睛。弗恩戴着他的老花镜，所以他看得比我要清楚。突然，窗帘拉开了，那个女人把后背转向窗户。

“她现在想干吗？”我说，我心里其实很清楚。

“天晓得。”弗恩说。

“她在干吗，弗恩？”我说。

“她在脱衣服，”弗恩说，“你以为她在干什么？”

稍后，卧室的灯关掉了，那个男人开始沿着墙根往回走。他打开纱门，闪了进去，过了一小会儿，其他的灯也熄灭了。

弗恩咳个不停，摇晃着自己的脑袋。我打开灯。弗恩就这么跪坐在那里。稍后他站起身来，点了一根烟。

“总有一天我要告诉那个垃圾货我对她的看法。”我看着弗恩说。

弗恩好像笑了一下。

“我不是开玩笑，”我说，“哪天我在商场碰到她，我会当面跟她讲。”

“我不会那么做的。你这是何必呢？”弗恩说。

但我看得出来他认为我没当真。他皱着眉头，看着自己的指甲。他眯起眼睛，舌头在嘴里转了转，就像他平时想问题时那样。然后，他的面部表情起了变化，他搔了搔下巴。“你不会做这样的事的。”他说。

“等着瞧吧。”我说。

“妈的。”弗恩说。

我跟着他进了客厅。过后我们总是这样，都有点神经兮兮的。

“你等着。”我说。

弗恩把烟摁灭在一个大烟灰缸里。他站在他的皮椅子旁，盯着电视看了一会儿。

“从来就没什么好节目。”他说。然后他又说了些什么。“也许他那样做自有他的道理，”弗恩又点着一支烟，“你不懂。”

“谁要是敢向我的窗户里看，”我说，“警察会找到他们头上的。除非是加里·格兰特[1]。”我说。

弗恩耸耸肩。“你根本就不懂。”他说。

我肚子有点饿。我翻了翻厨柜，又打开了冰箱。

“弗恩，你要吃点什么吗？”我喊道。

他没有回答。我能听见卫生间的水声。我觉得他可能要吃点什么。晚上这个时候我们总会觉得饿。我把面包和午餐肉放到桌子上，又打开一个汤罐头。我取出些饼干和花生酱、冷肉块、咸菜、腌橄榄和薯片。我把东西都放在了桌子上。我又想到了苹果派。

弗恩穿着浴衣和法兰绒睡裤走了出来。他的头发是湿的，耷在后脑勺上，身上一股淡淡的香水味。他看着桌上的东西。他说：“来碗加红糖的玉米片怎么样？”他坐了下来，在盘子边上摊开报纸。

---

① 加里·格兰特（Gary Grant，1904—1986），美国著名男演员。

我们吃着点心。烟灰缸里堆满了橄榄核和他的烟头。

吃完后，弗恩咧嘴一笑，说："什么东西那么好闻？"

我走到烤箱跟前，取出两块苹果派，上面盖着融化了的奶酪。

"看上去真不错。"弗恩说。

过了一小会儿，他说："一点都吃不下了。我去睡了。"

"我就来，"我说，"我把桌子清理一下。"

我把盘子里的东西扫到垃圾桶里，这时看见了蚂蚁。我凑近看了看。它们从水池底部管道的下面爬出来，源源不断，从桶的一侧爬上来，再从另一侧爬下去，来来回回。我从一个抽屉里找出一罐杀虫剂，把垃圾桶里里外外喷了一遍，又把水池下方够得到的地方都喷了。然后，我洗洗手，最后巡视了一遍厨房。

弗恩睡着了。他在打呼噜。几个小时后，他就会醒过来，去上厕所，吸烟。床脚的一台小电视还开着，但画面在晃动。

我想告诉弗恩蚂蚁的事。

我慢慢地做着上床前的准备，调好电视画面，钻进被子。弗恩发出他睡觉时常有的动静。

我看了会儿电视，是场脱口秀，我不喜欢脱口秀。我又开始想那些蚂蚁。

没多久，它们就在我的想象中充满了整个屋子。我琢磨着要不要把弗恩叫醒，告诉他我正在做噩梦。但我没说，从床上爬起来，拿上了那罐杀虫剂。我又看了看水池下方，蚂蚁都不在了。我打开所有的灯，直到整座屋子都被照得亮晃晃的。

我不停地喷洒着。

最终，我拉起厨房的窗帘，向外看了看。已经很晚了。风刮着，我听见树枝发出的噼啪声。

“垃圾货，”我说，“贱主意！”

我甚至用了一些更难听的语言，一些不能复述的东西。

他们不是你的丈夫

厄尔·奥伯是个失业的推销员，他妻子多琳夜间在镇边上一家通宵咖啡屋当女招待。一天晚上，厄尔正喝着酒，突然决定去那家咖啡屋转一圈，再吃点什么。他想看看多琳工作的地方，还想看看能不能从那儿蹭点白食。

他坐在柜台前，研究菜单。

“你来这儿干吗？”多琳看见他坐在那儿，问道。

她把一份菜单递给厨师。“厄尔，你想来点什么？”她说，“孩子们都好？”

“他们很好，”厄尔说，“我要杯咖啡，再来一个二号的三明治。”

多琳写了下来。

“有机会吗？你知道我的意思。”他对她说，眨了眨眼。

“没有，”她说，“这会儿别跟我说话。我正忙着呢。”

厄尔喝着咖啡，等着三明治。两个穿西装的男人，领带松着，领口敞着，坐到了他的身边，点了咖啡。多琳提着咖啡壶走开后，其中的一个男人对另一个说:“瞧那屁股，我简直不敢相信。”

另一个笑了。“我见过更棒的。”他说。

“我就是这个意思，”第一个说，“不过有些蠢货就喜欢她们那玩意儿肥肥的。”

“我可不是。”另一个说。

“我也不喜欢，”第一个说，“我刚才就是这个意思。”

多琳把三明治摆在厄尔的面前。三明治边上放着炸薯条、卷心菜沙拉和酸黄瓜。

“还要什么？”她说，“来杯牛奶？”

他没说什么。见她还站在那儿，他摇了摇头。

“再给你来点咖啡。”她说。

她提着咖啡壶回来，为他和另外那两人加了咖啡。然后，她拿起一个盘子，去盛冰淇淋。她握着勺子，弯腰去舀桶里的冰淇淋。白色的裙子一下子贴住了她的臀部，沿着她的大腿慢慢往上滑，露出了粉色的束腰内衣，结实、灰白的大腿，腿上有些许细毛，血管毕露。

那两个坐在厄尔身边的男人交换了一下眼色。其中一个抬了抬眉毛。另一个咧嘴一笑，眼睛从杯子上方直勾勾地盯着多琳看，她正用勺子往冰淇淋上浇巧克力糖浆。当她开始摇鲜奶油罐时，厄尔站了起来，他丢下食物，朝门口走去。他听见她在喊他，但没有回头。

他去孩子们的房间看了看，然后来到另一间卧室，脱掉衣服。他盖上床单，闭上眼睛，陷入了沉思。某种感觉涌上他的脸，并蔓延到肚子和腿上。他睁开眼睛，脑袋在枕头上翻来覆去。后来，他侧过身体，睡着了。

早晨，把孩子们送去上学后，多琳走进卧室，拉起百叶窗。厄尔已经醒了。

“你自个儿照照镜子吧。”他说。

“什么？”她说，“你说什么？”

“照照镜子瞧瞧你自己。”他说。

“瞧什么？”她说。不过她已经朝梳妆台上的镜子望去，把头发从肩头拨开。

“怎样？”他说。

“什么怎样？”她说。

“我不想多说，”他说，“不过我想你最好考虑一下节食。

我说真的，不开玩笑，我觉得你可以减掉几磅。别发火。”

“你说什么呀？”她说。

“我刚才说了，我觉得你应该减掉几磅。就几磅。”他说。

“你过去从来没说过呀。”她说。她把睡袍撩过臀部，转身对着镜子看自己的肚子。

“过去我没觉得这是个问题。”他说，斟酌着字句。

睡袍仍然堆在腰上，多琳背对着镜子，转过头来看自己。她用一只手托起半边屁股，又把它放下来。

厄尔合上了眼睛。“也许是我想错了。”他说。

“我想我可以减一点。不过很难。”她说。

“你说得对，是不容易。”他说，“不过我会帮你的。”

“也许你说得没错。”她说。她松手放下睡衣，望着他，然后，她脱掉了睡衣。

他们讨论了节食的方法，蛋白质节食法、蔬菜节食法、柚子汁节食法。不过他们发现没钱买蛋白质节食法所需要的牛排。多琳说她不喜欢吃太多的蔬菜。她也不怎么喜欢柚子汁，不知道该如何进行这种节食法。

“要不算了吧。”他说。

“不，你是对的，”她说，“我要想点办法。”

"运动怎么样？"他说。

"我在那儿运动得够多了。"她说。

"那就别吃东西，"厄尔说，"好在就几天。"

"好吧，"她说，"我试试看吧。如果就几天的话，我可以试一试。你说服我了。"

"我是个成事者。"厄尔说。

他算了算他们活期账户上的余额，然后开车去了折扣商店，买了一台浴室秤。女店员结账时，他看了她一眼。

回家后，他让多琳脱光衣服站到秤上。看见那些血管时，他皱了皱眉头，用手指头划过她大腿上露出的一根血管。

"干什么？"她说。

"没干什么。"他说。

他看看秤，在一张纸上写下一个数字。

"好了，"厄尔说，"就这样吧。"

第二天，他几乎整个下午都在面试。雇主是个大块头，他一瘸一拐地领着厄尔去库房看那些卫生间设备。他问厄尔能不能接受出差。

“当然可以。”厄尔说。

那人点点头。

厄尔笑了。

开门之前他就听见了电视的声音，他穿过客厅时，孩子们连头都没抬。多琳在厨房里，穿着工作服，正在吃炒鸡蛋和咸肉。

“你在干什么？”厄尔说。

她鼓着两腮，继续嚼着食物。不过，她马上又把所有东西都吐到餐巾纸里。

“我忍不住了。”她说。

“蠢货，”厄尔说，“吃吧，继续吃吧！继续吃啊！”他走进卧室，关上房门，躺在被子上。他还能听见电视的声音。他把手垫在头底下，看着天花板。

她打开门。

“我再试一次吧。”多琳说。

“好吧。”他说。

第三天早晨，她把他叫进浴室。“看。”她说。

他看了看秤上的数字。然后拉开抽屉，拿出那张纸，在她的笑声里又看了一遍秤。

“减了四分之三磅。”她说。

“有进步。”他说，拍了拍她的屁股。

读完分类广告后，他去了州职业介绍所。每三四天，他就得开车去某个地方面试，晚上回来后，他数她得的小费。把一美元的票子放在桌子上抹平，然后把五美分、十美分和二十五美分的硬币一美元一美元地码起来。每天早晨，他都要让她过过秤。

两周内，她就减了三磅半。

“我吃得很少，”她说，“我一整天都饿着自己，上班时也一样，积少成多。”

但一周以后，她竟一下子掉了五磅。再一周后，九磅半。衣服穿在身上松松垮垮的。她只好动用租房的钱，买了一套新制服。

“上班时，大家都在议论。”她说。

“都在说什么？”厄尔说。

“说我的脸色太苍白了，”她说，“说我都不像我自己了。他们担心我体重掉得太多了。”

“掉多了有什么不好？”他说，“你不用理他们。让他们少管别人的闲事。他们不是你的丈夫。你又不是非得和他们生活在一起。”

“可我得和他们在一块儿工作呀。”多琳说。

“这没错，”厄尔说，“但他们不是你的丈夫。”

每天早晨，他都跟她走进浴室，等她站到秤上去。他跪着，手里拿着铅笔和纸。纸上写满了日期、星期几、数字。他读完秤，对照纸片看看，或是点点头，或是噘噘嘴。

现在多琳待在床上的时间多了起来。孩子们上学后，她又回到床上睡觉。下午上班之前也要先睡一会儿。厄尔帮着做家务，自己看电视，让她睡觉。所有采购的事他都包了，还得不时外出面试工作。

一天晚上，把孩子们弄上床后，他关了电视，决定出去喝几杯。酒吧打烊后，他开车去了咖啡店。

他坐在柜台前等着。她看见了他，说：“孩子们都没事？”

厄尔点点头。

他不慌不忙地点餐。看着她在柜台后面转来转去。最后，他要了份乳酪汉堡。她把单子递给厨师，又去招呼别的顾客。

另一个女招待提着咖啡壶过来，给厄尔的杯子倒满咖啡。

“你朋友叫什么来着？”他说，并朝自己的妻子点了下头。

“她叫多琳。”女招待说。

“她看上去跟我上次来这儿时大不一样了。”他说。

“我不知道。”女招待说。

他吃着汉堡，喝着咖啡。不时有人在柜台前坐下，又有人离去。柜台前的客人大部分由多琳招待，其他女招待偶尔也过来帮着开单子。厄尔看着他的妻子，非常留心地听着。有两次，他因为要去洗手间，不得不离开座位。每次他都怀疑自己是否漏掉了什么。第二次回来，他发现自己的杯子被收走了，位子也被另一个人占了。他端了张凳子，坐在了柜台的一端，靠着一位穿条纹衬衣、年龄稍长的人。

“你要什么？”多琳又见到厄尔时说，“还不回家？”

“给我来点咖啡。”他说。

厄尔身旁的人正在看报纸。他抬起头来，看着多琳给厄尔倒了杯咖啡。多琳走开时，他瞥了她一眼，又低下头继续看报。

厄尔呷着咖啡，等那个男人开口。他用眼角瞟着那人。那人吃完以后，把盘子推到一边，点上一支烟，把报纸对折起来，继续往下看。

多琳走过来，撤走了脏盘子，给那人添了点咖啡。

“你觉得她怎么样？”多琳走到柜台那边时，厄尔朝她点着头，问那个男人，“你不觉得她有点特别吗？”

那人抬起头。他先看了眼多琳，又看了眼厄尔，然后低头继续看报纸。

“嗨，你觉得怎样？”厄尔说，“我问你呢。看着好还是不好？告诉我。”

那人把报纸翻得哗哗响。

当多琳又朝柜台走过来时，厄尔拍拍那人的肩说道：“让我来告诉你，听着。看着她的屁股，瞧我的。”“我能来一杯巧克力圣代吗？”厄尔朝多琳叫道。

她在他面前站定，呼出一口气。然后转过身，拿起盘子和冰淇淋勺。她靠着冰柜，弯下腰，用勺子去挖冰淇淋。

厄尔看了看那个男人，多琳的裙子爬上她的大腿时，他朝那人眨眨眼，不过那人正看着另一个女招待。然后那人把报纸夹在胳膊下面，伸手去掏口袋。

另一个女招待径直朝多琳走过来。“这个家伙是谁？”

“哪个？”多琳四处张望着，手里还端着盛冰淇淋的盘子。

“他呀，”女招待说着，冲厄尔点了下头，“这个蠢货究竟是谁？”

厄尔挤出他最美妙的微笑。他保持着这个笑容，直到感觉自己的脸都变形了。

但是那个女招待只是盯着他看，多琳开始慢慢地摇头。那个男人在杯子旁边放了些零钱，站起身来，也在等答案。他们都盯着厄尔。

“他是个推销员。他是我的丈夫。”多琳耸耸肩，终于说道。她把没盛完的巧克力圣代推到他面前，转身给他结账去了。

你是医生吗？

听到电话铃声，他穿着睡衣拖鞋从书房里跑出来。十点多了，肯定是妻子打来的。她外出时每晚都打电话回来。总是这么晚，在喝过几杯以后。她是做采购的，这一周她都在外出差。

“喂，亲爱的。”他说。“喂。”他又说了一遍。

“你是谁？”一个女人问道。

“哎，你是谁？”他说，“你打的是哪个号码？”

“等一下，”女人说，“273-8063。”

“这是我的号码，”他说，“你是怎么弄到的？”

“我不知道。我下班回来后看见的，写在一张纸条上。”女人说。

“谁写的？”

“不知道，”女人说，“我猜是那个保姆写的，肯定是她。”

“嗯，我不知道她是怎么弄到的，”他说，“这是我的号码，是不公开的。你要是把它给扔了，我会很感激的。喂？你听见我说话了吗？”

“听见了。”女人说。

“还有别的事吗？”他说，“不早了，我还有事。”他不想显得失礼，只是有点害怕去冒这个险。他在电话旁的椅子上坐了下来，说：“我并不是有意唐突的，只是想说时间不早了。我有点担心，你怎么这么巧就有了我的号码。”他脱了拖鞋，开始按摩自己的脚，等她回答。

“我也不知道，”她说，“我告诉过你，我在一张纸条上发现的，纸条上别的都没写。明天见到安妮塔，就是那个保姆，我会问她的。我并不是想打扰你，我只是刚看见这张便条。下班后我一直待在厨房里来着的。”

“没什么，”他说，“忘了这件事吧，把它扔了就行了，忘了它。没事，不用放在心上。”他把听筒从一个耳朵移到另一个耳朵。

“您听上去像个好人。”女人说。

“像吗？嗯，你真客气。”他心里知道该把电话挂了，但在安静的房间里，听见别人说话的声音，哪怕是自己的声音，都让人有种愉快的感觉。

“哦，像，”她说，“我听得出来。”

他把脚放了下来。

“冒昧地问一下，怎么称呼您？”她问道。

“我叫阿诺德。”他说。

“名字呢？”她说。

“阿诺德就是我的名字。”他说。

“哦，对不起，”她说，“阿诺德是你的名字，那么尊姓呢？阿诺德？你姓什么？”

“我真的要挂了。”他说。

“阿诺德，看在上帝分上，我叫克莱拉·霍尔特。该称呼你，阿诺德什么先生？”

“阿诺德·布赖特，”他说，很快又补充道，“克莱拉·霍尔特，很好。但我真的该挂了，霍尔特小姐，我在等一个电话。”

“对不起，阿诺德，我不是有意占用你的时间的。”她说。

“没关系，”他说，“和你聊得很开心。”

“谢谢你这么说，阿诺德。”

“可以等一下吗？”他说，“我得去找个东西。”他去书房拿了支雪茄，用书桌上的打火机慢慢点着，再摘下眼镜，对着壁炉上方的镜子照了照。当他拿起话筒时，他有点担心她已经把电话挂了。

“喂？”

“喂，阿诺德。”她说。

“我还以为你大概已经把电话挂了。”

“哦，怎么会。”她说。

“说到你有我的号码这件事，”他说，“我觉得没什么，把它扔了就行了。”

“我会的，阿诺德。”她说。

“好的，那么我该说再见了。”

“当然，”她说，“那么再见吧。”

他听见她吸了口气。

“我知道我在强人所难，阿诺德，你觉得我们可以找个地方见面谈谈吗？就几分钟？”

“恐怕不行。”他说。

“就一分钟，阿诺德。找到你的电话号码和一切的一切。对此我有种强烈的预感，阿诺德。”

“我是个老头子。”他说。

“哦，你不是。”她说。

"真的，我很老了。"他说。

"阿诺德，我们能找个地方见见吗？是这样的，我并没有告诉你所有的事，还有些事没对你讲。"这个女人说。

"你这是什么意思？"他说，"到底是什么意思？喂？"

她已经把电话挂了。

他准备上床时，妻子来了个电话，他听得出来她有点喝醉了。他们聊了一会儿，但他没有提刚才的那个电话。后来，在他铺床的时候，电话铃又响了起来。

他拿起话筒。"喂，我是阿诺德·布赖特。"

"阿诺德，很抱歉电话给挂断了。我刚才说了，我觉得我们很有必要见一面。"

第二天下午，他刚把钥匙插进锁孔，就听见一阵电话铃声。他丢下公文包，没顾上脱下外套、帽子和手套，便一步跨到桌前，拿起了话筒。

"阿诺德，很抱歉又来打扰你，"那个女人说，"但你今晚九点或九点半左右务必来我家一趟。你能为我这么做吗？阿诺德？"

听见她提到他的名字，他的心动了一下。"不行。"他说。

“求你了，阿诺德，”她说，“很重要的事，不然我不会求你的。谢丽尔得了感冒，我现在担心她会传染给儿子，今晚我离不开。”

“你丈夫呢？”他等着。

“我没结婚，”她说，“你会来的，是吧？”

“我没法保证。”他说。

“我求你来一趟。”说完，她飞快地给出她的地址，把电话挂了。

“我求你来一趟。”他重复了一遍，手里还拿着话筒。他慢慢脱掉手套和大衣，觉得自己应该小心点。去盥洗室洗脸时，他抬头看了一眼镜子，发现自己还戴着帽子。就在这一刻，他决定去见她。他脱了帽子，摘下眼镜，用肥皂洗了洗脸，又检查了一遍手指甲。

“确定是这条街？”他问司机。

“是的，那栋房子就是。”司机说。

“往前开，”他说，“这条街到头了放我下来。”

他付了车费。那栋房子的阳台被高层窗户里漏出来的光照亮。可以看见阳台上的花盆和一些零散放置的户外家具。其中的一个阳台上，一个穿着汗衫的大汉靠着栏杆，看着他向大门走去。

他按了一下写着“克·霍尔特”的牌子下方的按钮，蜂鸣器响了一下，他退回到门口，走了进去。他慢慢地爬着楼梯，每上一级都要停一下。他想起了卢森堡的那家旅馆，多年前他和妻子在那儿爬过五截楼梯。他感到侧面突然一阵剧痛，他在想象他的心脏，想象他的腿被折断了，想象他重重地摔到楼梯的底层。他掏出手拍，擦了擦额头，又摘下眼镜，擦了擦镜片，等着心跳慢下来。

他往过道尽头看了看，公寓里很安静。来到她的门前，他脱了帽子，轻轻地敲了敲门。门开了一条缝，露出一个胖胖的穿着睡衣的小女孩。

“你是阿诺德·布赖特？”

“对，是我，”他说，“你妈妈在家吗？”

“她说让你进来，她让我告诉你她去药店买止咳糖浆和阿司匹林了。”

他关上身后的门。“你叫什么？你妈妈告诉过我，我忘记了。”

见小女孩不说话，他又试了试。

“你叫什么来着？是叫雪莉吧？”

“谢丽尔，”她说，“谢——丽——尔。”

“是是，我想起来了。不过，你得承认，我说的也差不多。”

她坐在房间一头的垫子上，看着他。

“你生病了，是吗？”他问道。

她摇了摇头。

“没生病？”

“没有。”她说。

他四下看了看。房间被一盏金色的落地台灯照亮，灯杆上面固定着一个大烟灰盘和一个放杂志的架子。远处靠墙的一台电视开着，声音很小。一条窄窄的过道通向后面的房间。火炉烧着，空气中弥漫着一股药味。咖啡桌上放着发卡和发卷，沙发上扔着一件粉红色的浴袍。

他又看了一眼孩子，然后抬头看了看厨房和厨房与阳台之间的那道玻璃门。门没有关严，他想起了那个穿汗衫的大汉，不由得打了个冷战。

“妈妈出去有一会儿了。”女孩说，她像是突然醒了过来。

他手里拿着帽子，身体往前倾了倾，看着她说：“我想我还是回去吧。”

钥匙在锁孔里转动了一下，门打开了。一个瘦小苍白、脸上有雀斑的女人走了进来，手里抱着个纸袋子。

“阿诺德，见到你真高兴！”她飞快地看了他一眼，显得有点拘束。她抱着纸袋子，一边奇怪地摇着头，一边朝厨房走去。他听见橱柜的门响了一下，孩子坐在垫子上看着他。他把重心从一条腿换到另一条腿上，再换回来。他把帽子戴上又脱下，这时她又出现了。

“你是医生吗？”她问道。

“不是，”他吃了一惊，“我不是。”

“谢丽尔病了，你瞧，我一直在外面买东西。你为什么不让这位先生把外套脱了？”她转过身来问孩子。“请你原谅她，我们不常有客人。”

“我不能待在这儿，”他说，“我真的不该来的。”

“请坐，”她说，“我们这样没法说话。让我先给她吃点药，然后我们再聊。”

“我真的该走了，”他说，“听你电话里的口气，我以为有什么很要紧的事，我真的该走了。”他低头看着自己的手，发现自己手上一直做着轻微的动作。

“我先把泡茶的水烧上。”他听见她说，就像她根本没听见他刚才说的话。“给谢丽尔吃完药，我们就可以聊聊了。”

她搂着孩子的肩膀，把她领进厨房。他看见她拿起一把勺子，又拿起一个药瓶，看了一眼标签后，打开盖子倒出两剂药。

“好宝贝，向布赖特先生说晚安，然后回你的房间。”

他冲孩子点了点头，跟着女人进了厨房。他没有坐她指定的那把椅子，而是坐在了另一把椅子上，这样他就可以面对阳台、过道和小客厅。“你介意我抽支雪茄吗？”他问道。

“没关系，”她说，“我不介意雪茄的味道，你抽吧。”

他决定不抽了。他把手放在膝盖上，摆出一副很严肃的表情。

“这件事我还是没搞懂，”他说，“说真的，对我来说太不寻常了。”

“我能理解，阿诺德，”她说，“你也许想听听我是怎么得到你的号码的？”

“确实想。”他说。

他们面对面地坐着，等着水烧开。他能听见电视的声音，他四下看了看厨房，又看了一眼阳台。水开了。

“你该告诉我号码的事了。”他说。

“对不起，阿诺德，你说什么？”她说。

他清了清嗓子。“告诉我你是怎么得到我的电话号码的。”他说。

“我问了安妮塔，那个保姆，对，这你已经知道了。反正她告诉我，她在这儿上班时来了个电话，是找我的。留了回电号码，她写了下来，就是你的电话号码。就这些。”她拿着杯子在面前晃来晃去，“对不起，我无法告诉你更多了。”

“水开了。”他说。

她拿出勺子、牛奶和糖，把开水浇到茶袋上。

他往茶里加了点糖，搅了搅。“你说有急事我才来的。”

“哦，那个，阿诺德，”她说，转过脸去，“我不知道我为什么要那样说，不知道自己当时在想什么。”

“那么，没什么事？”他说。

“不，我是说‘对’，”她摇了摇头，“正如你所说的，没什么事。”

“知道了，”他不停地搅着他的茶，“这太不寻常了。”过了一会儿，他几乎是自言自语地说：“相当不寻常。”他无力地笑了笑，把茶杯放在一边，用餐巾纸擦了擦嘴唇。

“你不是要走吧？”她问道。

“我必须走了，”他说，“我得回家等一个电话。”

“等会儿，阿诺德。”

她把椅子向后一滑，站了起来。她的眼珠是淡绿色的，深陷在苍白的脸上，四周是些许深黑色，起先，他还以为那是她化的妆。他对自己感到震惊，明知会因此瞧不起自己，但还是站了起来，笨拙地用胳膊搂住她的腰。她接受了他的吻，颤抖着，短暂地闭了一下眼睛。

“太晚了。”他说着，松开了她，有点站不稳地转过身来。“和你待在一起非常愉快，但我真要走了，霍尔特太太，谢谢你的招待。”

“你还会再来的，是吧，阿诺德？”她说。

他摇了摇头。

她跟着他走到门前，这时他伸出手来。他能听见电视的声音，他很确定音量被调大了。他想起了另一个孩子——

那个男孩。他在哪儿?

她拉过他的手，快速地把它放到自己的嘴唇上。

“一定不要忘记我，阿诺德。”

“不会的，”他说，“克莱拉，克莱拉·霍尔特。”

“我们聊得很愉快。”她说。她用手掸掉他外套衣领上的什么东西，一根头发，或是一根线头。“我很高兴你能来，我确信你还会再来的。”他仔细地打量她，她却看着他身后的某个地方，像是在努力回忆着什么。“那么——晚安，阿诺德。”她说完就关上了门，差点夹住他的外套。

“真奇怪。”他一边下楼一边说。走到街上，他长长地呼了一口气。他停了一会儿，回头看了一眼那栋房子，无法确定哪个阳台是她家的。穿汗衫的大汉靠着栏杆，略微动了一下身子，一直俯视着他。

他把手放在外套的口袋里，开始往回走。他刚到家，就听见了电话铃声。他手里捏着钥匙，静静地站在屋子中央，直到铃声停了下来。他缓缓地把一只手放在胸前，隔着衣服感受着自己的心跳。过了一会儿，他走进了卧室。

几乎同时，电话铃又响了起来。这次他拿起了话筒。

“阿诺德，我是阿诺德·布赖特。”他说。

“阿诺德？天哪，今晚我们也太正式了！”他妻子语气强硬，又带着调侃的味道。“我从九点起就不停地给你打电话。出去快活了，阿诺德？”

他琢磨着她的声调，没有吭声。

“你还在吗，阿诺德？”她说，“你听上去像变了一个人。”

父亲

婴儿就躺在大床边上的摇篮里，穿着睡衣，头戴白帽。摇篮刚刚刷过漆，上面系着蓝丝带，里面垫着蓝色的被子。母亲刚刚下床，还没完全恢复。她和婴儿的三个小姐姐、祖母都围着婴儿站着，看他怎样盯着别人看，不时把拳头举到自己的嘴边。他一点都不笑，但时不时就眨眨眼睛，当其中一个女孩挠他的下巴时，他会把舌头从嘴唇里吐出来又缩回去。

父亲在厨房里，能听见她们逗婴儿玩时发出的声音。

“宝贝，你到底爱谁呀？”菲利斯一边胳肢他的下巴一边问。

“他爱我们大家，”菲利斯说，“但他最爱爸爸，因为爸爸也是个男孩。”

祖母在床边坐下，说：“你们看看这条小胳膊！这么胖。还有这些小手指头！和他妈妈的一样！”

“多可爱！”母亲说，“多么健康，我的小乖乖。”她弯下身，在他额头上亲了一下，又摸了摸盖住他胳膊的被子。“我们都爱他。”

“但是他像谁？他像谁呀？”艾丽丝喊道，她们都靠近摇篮，想看看婴儿像谁。

“他有一双漂亮的眼睛。”卡罗尔说。

“所有小宝宝的眼睛都漂亮。”菲利斯说。

“嘴唇像他祖父。”祖母说，“你看看他的嘴唇。”

“很难说……”母亲说，“我不这么觉得。”

“鼻子！鼻子！”艾丽丝叫喊道。

“鼻子怎么了？”母亲问。

“看上去像是谁的鼻子。”女孩回答道。

“不，我不知道，”母亲说，“我觉得不像。”

“这嘴唇……”祖母喃喃自语道，“这些小手指头……”说着她把婴儿的手从被子里拿出来，摊开他的手指。

“小宝宝到底像谁？”

“他谁都不像。”菲利斯说。她们往前靠得更近了。

“我知道了！我知道了！”卡罗尔说，“他像爸爸！”她们更仔细地看着婴儿。

“可是爸爸又像谁呢？”菲利斯问。

“爸爸像谁呢？”艾丽丝重复道，她们都立刻朝厨房看去，坐在桌旁的父亲背对着她们。

“为什么？谁都不像！”菲利斯说完轻声哭了起来。

“嘘。”祖母说，看向别处，又回过头来看着婴儿。

“爸爸谁都不像！”艾丽丝说。

“可是他总得像一个人呀。”菲利斯说，用一根丝带擦了擦眼睛。除了祖母，所有人都看着坐在桌旁的父亲。

他已从椅子上转过身来，发白的脸上没有一丝表情。

没人说一句话

我能听见他们在厨房里说话。我听不清楚他们说的是什么，但他们在争吵。过了一会儿，争吵声消失了，她哭了起来。我用胳膊捅了捅乔治。我以为他会醒过来，跟他们说点什么，好让他们觉得内疚而停下来。但乔治就是这么一个浑球，他开始又踢又叫。

“别捅我，你这个浑蛋，”他说，“我告状去！”

“你这个笨狗屎，”我说，“你就不能聪明一回？他们在吵架，妈在哭。你听。”

他把头从枕头上抬起来听了一会儿。“我才不管呢。”说完他就转过身，面朝墙壁接着睡觉了。乔治是天底下最大的浑球。

后来，我听见爸爸离开家去赶公交车，出门时他使劲摔了一下前门。她告诉过我，他想把这个家拆了。我不想听这些。

过了一会儿，她进来叫我们去上学。她的声音听上去有点古怪，我也说不清楚。我说我肚子不舒服。已经是十月的第一周了，我还没旷过一次课，她还能说什么？她看着我，但似乎在想别的事。乔治醒了，在听。我从他在床上扭动的姿势就知道他醒着。他在等着事态发展，好决定下一步该干什么。

“好吧。”她摇了摇头，“我真不知道该怎么办。那就在家待着吧。但不许看电视，记住了。”

乔治一下子跳了起来。“我也病了，”他对她说，“我头疼。他整夜都在捅我踢我，我一晚上都没睡着。”

“够了！”她说，“乔治，你上学去！不许你待在这儿，整天和你哥打架。现在就起床穿衣服，我可是说话算话的，今天早上我不想再干一仗了。”

乔治等她离开房间后，才从床脚爬下来。“浑蛋。”他说完，把我的被子一下子全掀开了，然后躲进了卫生间。

“我会宰了你。”为了不让她听见，我压低了声音。

我在床上一直待到乔治去上学。当她准备去上班时，我说我想学习，让她为我在沙发上铺个床。咖啡桌上放着埃德加·赖斯·巴勒斯[1]的书，那是我的生日礼物，还有我的社会学课本。但我不想看书，希望她快点离开，我好看电视。

她在冲抽水马桶。

我等不及了。我打开电视，关掉声音。我来到厨房她放大麻烟的地方，从烟盒里抖出三支来，把它们放在碗碟柜里，然后回到沙发上，开始读《火星公主》。她从房间里出来，瞟了一眼电视，但没说什么。我的书是摊开的。她在镜子前拢了拢头发，进了厨房。她出来时，我赶忙低下头看书。

“我要迟到了。再见，甜心。”她没提看电视的事。昨晚她说过：要不是自己给自己打气，她真是一点上班的心情也没有。

“别用火，你不需要开炉子煮东西。饿了的话，冰箱里有金枪鱼。”她看着我，“但你要是肚子不舒服，最好什么都别吃。不管怎么说，你都不需要点炉子。听见没有？

① 埃德加·赖斯·巴勒斯（Edgar Rice Burroughs，1875—1950），美国小说家，擅长科幻小说和犯罪小说，人猿泰山（Tarzan）的创造者。

吃点药，甜心，希望晚上你的肚子就好了。也许今晚我们都会好受一点。”

她站在门廊那儿，转着门把手，看上去像是要说点别的。她穿着白衬衫、黑裙子，系着黑色的宽腰带。有时她说这是她的套装，有时又说这是她的工作服。打我记事起，这套衣服不是挂在壁橱里，就是挂在晾衣绳上，不是在晚上被手洗，就是在厨房里被烫平。

她的工作时间是星期三到星期日。

“再见，妈。”

我等着她发动车子，她在让车子预热。听见她开走后，我爬了起来，把电视声音开大，然后去取大麻烟。我抽了一支，一边看一个与医生和护士有关的节目，一边打手枪。然后，我换了其他频道，接着把电视关了。我不想看了。

我读完了塔斯·塔卡斯[1]爱上一个绿色女人这一章，读到她第二天一早被嫉妒的姐夫砍掉了脑袋。这大概是我第五次读这一章了。然后，我进到他们的卧室，四处查看。

① 塔斯·塔卡斯（Tars Tarkas），埃德加·赖斯·巴勒斯的幻想小说《火星公主》（A Princess of Mars）里的角色。

除了避孕套，我并没想着要专门去找什么，我曾经翻了个遍，也没找到一个。有一次，我在一个抽屉靠里面的地方发现一罐凡士林。我知道它肯定和那件事有关，但我不知道是什么样的关系。我研究了一番标签，希望能看出点什么，比如是干什么用的，或怎样使用之类的描述，但是没有。正面的标签上只有几个字——纯凡士林。但看完这几个字已足以让你硬起来。极好的幼儿园救助用品，背面的标签是这样说的。我试图找出幼儿园——秋千、滑梯、沙箱、单杠——和他们在床上做的事之间的关系。我曾多次打开这个罐子,闻里面的味道,看它又被用掉了多少。这次，我没有碰那罐纯凡士林。我是说，我只是看了看它是不是还在那儿放着。我翻了几个抽屉，也没指望找到什么。看了看床底下，什么都没有。我又看了看壁橱里放零用钱的罐子，里面没有零头，只有一张五美元的和一张一美元的。要是我拿了，他们肯定会发现的。过后，我觉得我该穿上衣服，步行去桦木溪。鳟鱼季节还剩下一个多礼拜，但几乎所有的人都不再去钓鱼了，大家都在等猎鹿和打野鸡的季节到来。

我找出我的旧衣服，把羊毛袜套在我平时穿的袜子外面，仔细地给靴子系上鞋带。我做了几个金枪鱼三明治和夹了花生酱的双层饼干，给军用水壶灌满水，把它和猎刀一起挂在腰带上。出门时，我决定留张纸条。我写道："好多了，去桦木溪了。很快回来。R。3:15。"那是四个小时以后的时间，比乔治放学回来的时间早大约十五分钟。离家前，我吃了一个三明治，又喝了一杯牛奶。

外面天气很好。虽然是秋天，但除了夜里，并不太冷。夜里，人们会在果园里点上熏烟罐，早晨起来，你的鼻子里会有一圈黑色。但没人说什么。人们说，熏烟是为了防止没长大的梨子被冻坏，所以没关系。

要去桦木溪，你得先走到我家门前这条路的尽头。在它和十六大街相交的地方，左拐上十六大街，爬到坡顶，过了那片墓地后，下坡到雷尼克斯，那儿有家中餐馆。在那个十字路口，你可以看到机场，过了机场就是桦木溪。十六大街过了这个十字路口变成了景观路。你沿着景观路走一会儿，就会见到一架小桥。路的两旁都是果园。经过果园时，有时你能看见野鸡沿着田垄奔跑，但你不能在那儿打猎，否则一个叫马苏斯的希腊人有可能会给你一枪。

我估计走路的话，整个路程要花四十来分钟。

我在十六大街上刚走了一半，一个开着红色车子的女人在我前方的路边停下了车。她摇下乘客那边的窗子，问我是否要搭车。她瘦瘦的，嘴边长着几颗小小的青春痘，头发用发卷卷了上去。她的穿着还挺时髦的。她穿了一件棕色毛衣，里面的胸脯看上去很不错。

"逃学呢？"

"差不多吧。"

"要搭车吗？"

我点点头。

"快上来吧。我还有急事。"

我把飞蝇竿和柳条鱼篓放到后座上。后座和车底板上放了很多梅尔店的购物袋。我想找点话说。

"我要去钓鱼。"我说。我脱掉帽子，把水壶转到身前，靠着车窗坐了下来。

"哇，你不说我肯定猜不出来。"她笑着说，把车开上了路。"去哪儿？桦木溪？"

我又点了点头。我看着我的帽子，这是我叔叔上次去西雅图看冰球赛时给我买的。我实在想不出还能说点什么。

我吸着腮帮子看着窗外。你总在设想被这么一个女人挑上。你肯定你们俩会为对方发狂，她会把你带回家，让你和她疯狂做爱。想到这里我不由得硬了。我把帽子移到大腿上，闭上眼睛，努力去想棒球的事。

“我总说有一天我会去钓鱼的，”她说，“都说钓鱼能让人放松。我很容易焦虑。”

我睁开眼。我们停在了十字路口。我想说，你真的很忙吗？你想从今天上午开始吗？但我不敢看她。

“这儿行吗？我得转弯了。对不起，今天上午我有点急事。”她说。

“没事，这儿就可以了。”我把我的东西拿了出来。我戴上帽子，说话时，又把它摘了下来。“再见了，谢谢。也许明年夏天。”但我没能把话说完。

“你是说钓鱼吗？没问题。”她像其他女人那样，冲我晃了晃手指头。

我开始往前走，想着刚才该说而没说的话。现在我能想出许多话来了。当时我是怎么了？我用飞蝇竿抽打着空气，又使劲吼了两三声。其实我该邀请她一起吃午饭来打开局面。我家里一个人也没有。一下子，我们就躺在我卧室的被子下面了。她问我是否可以不脱毛衣，我说我不介意。她也不想脱裤子。那也没关系，我说，我不在乎。

一架正在降落的私人小飞机低飞过我的头顶。离桥只有几步远了，我能听见流水的声音。我飞快地冲下堤坝，拉开裤子拉链，冲着溪水尿出五英尺远。这肯定创了个纪录。我慢慢吃着三明治和夹了花生酱的饼干，把水壶里的水喝掉了一半。我准备好开始钓鱼了。

我琢磨着该从哪里开始。自从我们搬来后，我已经在这里钓了三年鱼了。爸爸过去常开车带我和乔治来钓鱼。他在一旁抽着烟等我们，给钩子穿上鱼饵，把我们弄断的渔线接上。我们总是从桥那边开始，然后往下游走，每次我们都能钓到几条鱼。有时，鱼季刚开始时，我们能钓到允许的上限。我理好线，先在桥下甩了几竿。

我一会儿在岸边，一会儿在一块大石头的后面甩竿，但是什么都没钓到。有一个地方的水纹丝不动，水底铺满黄色的叶子。我从上面看下去，只见几只小龙虾举着难看的大钳子，在那儿爬来爬去。鹌鹑从灌木丛里飞出来。我扔了根树棍，一只野公鸡从十尺开外的地方咯咯叫着跳了出来，吓得我差点把鱼竿扔了。

小溪不太宽，水流也不急，无论走到哪儿，溪水都几乎不会漫进靴子里。我穿过一片到处都是牛粪的草地，来到一根大排水管跟前。我知道管子下方有个小坑，所以很小心。到了可以垂钓的地方后，我跪了下来。鱼钩刚碰到水面就被咬了，但我还是让鱼给跑了。我感觉到那条鱼带着钩子打了几个滚，然后就挣脱了，渔线弹了回来。我重新装了一个三文鱼卵，又试着甩了几竿。但是我知道我已经触了霉头。

我登上堤坝，从旁边有柱子钉着“禁止入内”牌子的栅栏下面爬了进去。机场的一条跑道就从这里开始。我停下来查看路面裂缝里长出来的野花。你看得到轮胎接触跑道的地方以及留在野花周围的油腻的划痕。我又从另一侧下到小溪边，一边甩钓一边往前走，直到来到水潭跟前。我不想再往前走了。三年前第一次来这儿钓鱼时，溪水就在比河岸矮一点的地方翻腾，水流急得根本没法下钓。现在的水面比河岸低了六英尺。溪水翻着浪花，沿着深不见底的水潭顶端的一条小溪流往前流。再过去一点，潭底开始往上升，水又变浅了，就像什么都没有发生一样。上次来这儿的时候，我钓到两条大约十英寸长的鱼，却让一条看上去有这两条两倍大的鱼溜走了，那是条硬头鳟，我爸在听了我的描述后告诉我的。他说它们会在早春涨水的时候来这儿，但大多不等水位降下来就又游回河里去了。

我往渔线上加了两个坠子，用牙齿把它们咬合。然后，我装了一个新鲜的三文鱼卵，把它抛向浅滩，水流经过那里流向水潭。我让水流带着它往下走。我能感觉到坠子在岩石上面轻轻叩碰，这和鱼上钩时的抖动不一样。渔线绷紧了，水流在水塘尽头把鱼卵带出了水面。

走了这么远却什么也没钓到，我觉得很窝火。我把渔线都扯了出来，又甩了一竿。我把竿子靠在一根树杈上，大麻烟只剩两支了，我点着了一支。我抬头望着峡谷，开始想那个女人。因为我要帮她搬食品和杂货，我们来到她家。她丈夫在国外。我抚摸着她，她颤抖起来。我们在沙发上湿吻，她说她要去卫生间。我跟在她后面，看她褪下裤子，坐在马桶上。我已经硬得不行了，她招手让我过去。我正要解开拉链，这时听见小溪里传来扑通一声。我抬起头，看见鱼竿的尾部晃个不停。

鱼不是特别大，也不怎么挣扎。但我还是遛了它好一会儿。它侧着身，在下方的溪水里躺着。我不知道它是什么鱼，它的样子很奇特。我收紧线，把它拎到岸边草地上，它在那儿扭动起来。它是条鳟鱼，却是绿色的。我从来没见过这样的鱼，它的两侧是绿色的，带着黑色的鳟鱼斑点，微微泛绿的头，近似绿色的肚子。它的绿是一种苔藓的绿。就好像它被苔藓裹了很久，苔藓的颜色都掉在它身上了。它很肥，我奇怪刚才它为什么不使劲挣扎。我怀疑它是不是生病了。我又研究了它一会儿，就结束了它的痛苦。

我拔了几把草放在鱼篓里，将它放在草上面。

我又甩了好几次竿，估计肯定有两三点了。我觉得我该往桥那边走了。我想回家前在桥下再钓一会儿。我决定等到夜里再去想那个女人。可想着夜里将会来临的“硬”，我现在就硬了起来。过后，我觉得我不应该老这么做。大约一个月前，一个家中无人的星期六，我手淫后马上抓起一本《圣经》，对着它发誓说我再也不做这件事了。但我把精液黏在《圣经》上了，我的誓言只持续了一两天，就又一切如故了。

往回走的路上我没有钓鱼。走到桥下时，我看见草地里有辆自行车。我四下望了望，看见一个和乔治差不多体形的小孩正沿河岸往前跑。我向他走去。他转了个弯，朝我走过来，眼睛却盯着河水看。

“嗨，干吗呢？”我喊道，“出什么事了？”我猜他没听见我的话。我看见他的鱼竿和装鱼的袋子都在岸上放着，我丢下我的东西，向他跑过去。他看上去像只耗子，我的意思是他长着龅牙，胳膊细细的，那件又破又旧的长袖衫对他来说实在是太小了。

“天哪，我发誓这是我见到过的最大的一条鱼！”他大喊大叫，“快点！看！看这儿！它在这儿！”

我向他指的地方看去，心怦怦直跳。

它有我的胳膊那么长。

“天哪，哦，天哪，你看啊！”男孩说。

我盯着它看，它在一片伸到水面的树枝投下的阴影里歇着。“全能的上帝啊，”我对鱼说道，“你是从哪儿来的呀？”

“我们该怎么办？”男孩说，“我真该带着我的枪。”

“我们去捉住它。”我说，“天哪，你看！我们把它弄到浅滩上去。”

“那你愿意帮我吗？我们一起干！”男孩说。

大鱼已顺着水流往下游漂了一点，它在清澈的溪水里不慌不忙地摆着尾巴。

“好的，我们怎么弄？”男孩说。

“我可以去上游，再沿着小溪往下走，把它往下赶。”我说，“你在浅滩等着，等它从那儿通过的时候，你他妈使劲给我踢它。我不管你怎么弄，给我把它弄到岸上来。然后抓牢它，别撒手。”

“好的。妈的，你看它！看，它动起来了！它想往哪儿跑？”男孩尖叫道。

我发现鱼又开始朝上游游动，并在靠岸的地方停了下来。“它哪儿也去不了了，他已经无处可逃了。看见没有？它吓得他妈的拉不出屎了。它知道我们在这儿。它在转悠，想找个出口。看，它又停下来了。它哪儿都去不了。它自己知道。它知道我们会逮着它。它知道自己快完蛋了。我上去把它往下赶。它一游过来你就抓住它。”

“我真希望我带着我的枪，”男孩说，“对付它肯定绰绰有余。”

我往上游走了几步，然后蹚着溪水朝下游走。我一边走一边注视着前方。突然，鱼飞快地游离岸边，在我面前转了个身，激起一片水花，飞快地朝下游冲去。

“它过来了！”我喊道，“嗨，嗨，它过来了！”但鱼在到达浅滩前，转身往回游。我一边拍打着水，一边大声叫喊，它又转了回去。“它过来了！抓住它，抓住它！它过来了！”

但那个蠢货找了根树棍，这浑蛋，鱼游上浅滩后，男孩用那根棍子来驱赶它，而不是像他该做的那样，把这个婊子养的往死里踢。鱼变得疯狂起来，它转了向，侧着身子，一下子就蹿过了浅水滩，逃掉了。这蠢货朝它扑过去，摔了个正着。

他浑身透湿地爬上岸。“我打着它了！”男孩大声喊道，“它肯定受伤了。我已经抓住它了，但没抓牢。”

“你什么也没抓住！”我喘不过气来。我很开心他摔到了溪里。“还差老大一截子呢，浑蛋。你拿着那根棍子干吗？你应该踢它。它现在估计早跑出老远了。”我想吐口水。我摇了摇头。“我不知道。我们没逮到它。很可能我们再也逮不到它了。”我说。

“该死的，我打着它了！”男孩尖叫道，“你没看见？我打着它了，我的手已经碰着它了。你离它有多远？另外，到底是谁的鱼？”他看着我。水顺着他的裤腿流到他的鞋子上。

我没再说什么，但还是想了想那个问题。我耸耸肩。“好吧，我觉得我们俩都失误了。这次一定要抓住它。谁都别犯蠢。”我说。

我们涉水向下游走去。我的靴子里进了水，但这孩子从头湿到了脚。他用龅牙咬住嘴唇，不让牙齿打战。

那条鱼已经不在浅滩下面的水流里，我们往远处看也见不着它。我们互相看了看，担心鱼往下游游了很远，已经游进一个深潭里了。但就在这时，这该死的家伙在靠岸的地方上下翻腾起来，它的尾巴甚至把泥土都带进了水里，它又游走了。它游过另一个浅滩，大尾巴露在水外面。我见它在靠岸的地方慢慢地游着又停了下来，尾巴有一半露出水面，轻微摆动着，抵挡水流。

“你看见它没有？”我说。男孩四下张望。我抓住他的胳膊，用他的手指指着。“就在那儿。好，现在听好了。

我会去河岸中间的那条小溪。知道我说的地方吗？你在这儿等着我给你发信号。然后你往下游走，好不好？这次，如果它掉头的话，你千万不能让它从你身边溜掉。”

“好。”男孩说，用牙弄着嘴唇。“这次一定抓住它。”男孩说，一副被冻坏的样子。

我上了岸，放轻脚步朝下游走去。我从岸上再次滑进水里，涉着溪水往前走。但我看不见这个婊子养的大家伙，我有点紧张。我觉得它很可能已经跑掉了。再往下游那么一点，它就会游进一个水潭。那我们就再也逮不着它了。

“它还在那儿？”我喊道，屏住气息。

小孩挥了挥手。

“预备！”我又喊道。

“开始！”小孩叫喊着回应。

我的双手抖个不停。溪水大约有三英尺宽，两旁是土岸。水虽然浅，但水流很急。小孩朝下游走来，水漫到他的膝盖，他朝前方扔着石块，一边拍打溪水一边叫喊。

“它过来了！”小孩摆动他的胳膊。我看见这条鱼了，它径直朝我游来。看见我后，它想掉头，但已经来不及了。我跪下来，在冷水里牢牢抓住它。我用胳膊和手把它一下子舀了起来，站起身，举起它，把它从水里扔了出去，我和它一起摔倒在岸上。我把它紧贴我的衬衫抱着，它在那儿乱扭乱撞，直到我的手沿着它滑溜的身体移到它的两鳃。我把一只手从鱼鳃那里捅进去，一直捅到它的嘴里，从下巴那儿把它卡住。我知道我终于制服了它。它还在不停地扑腾，非常不好抓。但我抓牢了它，我不会让它逃脱的。

“我们逮着它了！”男孩一边泼着溪水，一边叫喊。“老天在帮我们，我们逮着它了！它可真不一般！你看它！哦，天哪，让我来拿着它。”男孩大声喊道。

“我们先得把它杀死。”我说。我用另一只手卡住它的脖子，用尽全力把它的头往后扳，提防着它的牙齿。我感到鱼身嘎吱作响，它慢慢地抖动了很长一段时间，就不动了。我把它放在地上，我们研究起它来。它至少有两英尺长，出奇地瘦，但比我钓到过的任何一条鱼都要大。我又抓住鱼颌。

“嗨。”小孩说，但等他弄明白了我的意图，就没再说什么。我把血洗掉后，把鱼放回河岸上。

“我太想拿给我爸看了。”小孩说。

我们俩浑身都湿透了，发着抖。我们看着鱼，不时碰它一下。我们撬开它的大嘴，触摸它成排的牙齿。它身体的两侧都有伤疤，发白的伤口有二十五美分的硬币那么大，肿胀着。嘴上和眼睛周围都有裂痕，我猜这是撞上石头和打斗造成的。但它真瘦，瘦得和它的长度太不相称了，你几乎看不出它侧面的粉色条纹，它那本该又白又鼓的肚子灰白而松弛，但我觉得它还蛮不错的。

“我想我得走了。”我说。我望了望远处山头的云彩，太阳正从那儿往下落。“我得回家了。”

“我想也是。我也一样。我冻死了。”小孩说。“嗨，我要拿着它。”小孩说。

“我们去找根棍子，从鱼嘴那里穿过去，我们俩抬着它。”我说。

男孩找来一根树棍。我们把它从鱼鳃那里穿进去，一直把鱼穿到棍子的正中间。然后，我们一人拿住棍子的一头往回走，看着鱼在棍子上来回晃动。

“我们拿它怎么办？”小孩说。

“我不知道，”我说，“我想是我逮住的。”

“是我们俩。另外，是我先看见它的。”

“那倒是，”我说，“好吧，你想扔硬币来决定还是怎么着？”我用空着的手摸了摸，但身上一分钱也没有。而且，如果我输了的话怎么办？

不过小孩却说：“不，不扔硬币。”

我说：“好吧，我无所谓。”我看了看男孩，他的头发立着，嘴唇发紫。必要的话制服他应该没问题。但我不想打架。

我们来到我们放东西的地方，单手把东西捡起来，谁都不松开拿棍子的手。我们走到他放自行车的地方。我抓牢棍子，以防他玩什么花样。

就在这时我想到一个办法。“我们可以把它切成两半。”我说。

“你什么意思？”男孩说，他的牙齿又打起战来。我能感到他抓紧了树棍。

“切开它。我有把刀。我们切开它，一人拿一半。我也不知道，我觉得我们可以这样做。”

他揪着他的一缕头发，看着鱼。“就用那把刀？”

“你有刀吗？”我说。

男孩摇了摇头。

“那不就得了。”我说。

我抽出树棍，把鱼放在男孩自行车旁边的草地上。我拔出刀来。在我比画着该从哪儿切的时候，一架飞机在跑道上滑过。“这儿？”我说。男孩点了点头。飞机在跑道上轰鸣，从我们头顶上腾空而起。我开始切鱼，见到内脏后，我把它翻了一面，把里面所有的东西都扒了出来。我不停地切着，只剩下肚子上的一块皮连着。我用手抓住两边，把鱼撕成了两半。

我把尾巴那部分递给小孩。

“不要。”他说，摇着头，“我要另一半。”

我说：“这两半一模一样！该死的，你等着，我马上就要发火了。”

“我不管，”男孩说，“既然它们都一样，我就要那一半。反正它们都一样，是不是？”

“它们是一样的，”我说，“但我要这半个，鱼是我切的。”

“我要这半个，”小孩说，“我先看见它的。”

“用的是谁的刀？”我说。

“我不要尾巴。”小孩说。

我四处看了看。路上没有车，也没有人在钓鱼。有架飞机发出嗡嗡的声音，太阳正在落山。我全身发冷。小孩抖得很厉害，他在等着。

“我有个主意。”我说。我打开鱼篓，给他看那条鳟鱼。“看见没有？是条绿色的。这是我见过的唯一一条绿色的鱼。不管谁拿头那一半，另一个就拿尾巴和绿鳟鱼。公平吗？”

小孩看了看绿鳟鱼，把它从鱼篓里取出来，抓在手里。他研究着切成两半的鱼。

“只能这样了，”他说，“好吧，那就这样。你拿那一半，我的肉比你的多。”

“我才不管呢，”我说，“我去把它洗干净。你住在哪儿？”

“亚瑟路那边。”他把绿鳟鱼和他的那半条鱼放进一个脏兮兮的帆布包里。“问这干吗？”

“那是哪儿？是靠近球场那边吗？”我说。

“是的，问这干什么。”小孩显得很害怕。

“我住得离那儿不远，”我说，“我想我可以坐在你车把上。我们俩可以轮流骑车。我有支大麻烟，如果还没湿的话，我们可以一起抽。”

但小孩只说："我快冻死了。"

我去小溪里洗我的那半条鱼。我把它巨大的头按在水里，扒开它的嘴。水流进到它嘴里，从它身子剩下的部分流了出来。

"我快冻死了。"小孩说。

我看到乔治在街道另一端骑着车。他没看见我。我绕到房子后面脱掉我的靴子。我解开鱼篓，这样我就可以打开鱼篓的盖子，面带笑容，阔步走进家里。

我听见他们的声音，透过窗户往里看了看。他们坐在桌旁，厨房里到处是烟。我看见烟是从炉子上的一口平底锅里冒出来的，但他们谁都没有注意。

"我跟你讲的都千真万确，"他说，"孩子们懂什么？你等着瞧吧。"

她说："我什么都不用瞧，如果那么想的话，我情愿等他们先死了。"

他说："你什么毛病？你最好管好你的嘴！"

她哭了起来。他把烟在烟缸里使劲摁灭，站起身来。

"埃德娜，你知道这口锅烧起来了吗？"他说。

她看了一眼锅，把椅子往后一推，一把抓住锅的把手，一下子就把锅摔到水池上方的墙上。

他说："你疯了吗？看看你都干了什么！"他拿起一块洗碗布，开始把锅上的东西往下擦。

我打开后门，咧开嘴笑着。我说："你们肯定猜不到我在桦木溪逮到了什么。看吧，看这里，看这个。看我逮到什么了。"

我的腿在打抖，几乎都站不稳了。我把鱼篓送到她面前，她终于往里看了一眼。"噢，噢，我的天哪！这是什么？一条蛇！这是什么？快，快拿出去，别等我吐出来。"

"拿出去！"他尖声叫道，"没听见她怎么说的？把它从这里拿出去！"他叫喊着。

我说："但是，爸，你看看这是什么。"

他说："我不想看。"

我说："这是一条桦木溪里的超大硬头鳟。看呀！它还可以吧？它简直是个巨无霸！我像个疯子一样在溪里上蹿下跳地追赶它！"我的声音听上去有点癫狂，但我停不下来。"还有一条，"我急急忙忙地说，"一条绿色的。我发誓！是绿的！你有没有见过绿色的鱼？"

他往鱼篓里看了一眼，张开了嘴。

他叫喊道:“把那个该死的东西扔出去！你到底在犯什么病？赶快把它从厨房拿出去，扔到该死的垃圾箱里去！”

我走到外面，往鱼篓里看了看。里面的东西在门灯下闪着银光。里面的东西把鱼篓塞得满满的。

我把它取了出来。我拿着它。我拿着只有一半的它。

六十英亩

电话是一小时前打来的，当时他们正在吃饭。有两个人在李·韦特位于托珀尼什溪的地盘上打猎，就在科威奇路的桥下。有人钻进来了，这已经是今年冬天的第三次还是第四次了，约瑟夫·伊格提醒李·韦特。约瑟夫·伊格是个印第安老头，住在科威奇公路边上的一栋小房子里，靠政府的补贴生活，他有一台从早开到晚的收音机，和一台以备生病求助的电话机。李·韦特希望印第安老头别老是拿这块地的事来烦他，要是约瑟夫·伊格愿意的话，除了打电话，他完全可以再干点别的。

门廊上，李·韦特用一条腿支撑着身体的重量，挑着卡在牙缝里的一丝肉渣。他是个瘦小的男人，脸窄窄的，有一头黑色的长发。要不是那个电话，这个下午他已经睡了一觉了。他皱着眉头，不紧不慢地穿着大衣——反正等他赶到那里，他们早就跑掉了。通常都是这样的。从托珀尼什或者雅基马过来的猎人可以像别人一样开车经过保留地[1]，只是不能在那里打猎。他们会在他这块魅力无穷又无人居住的六十英亩大的地里兜兜风，开上两三个来回，要是他们想冒点险，就会把车子停在路边的树林里，再快速穿过齐膝深的大麦和燕麦，来到小溪边，也许能打到几只野鸭，也许打不到，但总能在被赶走前的那一小段时间里尽兴。瘸着腿坐在家中的约瑟夫·伊格对这样的事见过很多次了。至少他是这么告诉李·韦特的。

他用舌尖扫着牙齿，在冬日黄昏时分半明半暗的光线中眯起眼睛。他并不害怕，不是害怕，他对自己说。他只是嫌麻烦。

战前刚修建好的小门廊里光线很暗。仅有的一扇窗户的玻璃多年前就碎了，李·韦特把一个装甜菜的麻袋钉在破洞处。麻袋就挂在柜子边上，看上去又厚又糙，冻得硬邦邦的，随着从缝隙里吹进来的冷风轻轻摆动。墙上挂满了旧车轭和马具。那扇窗户上方的墙上挂着一排生了锈的工具。他用舌尖最后扫了一遍牙齿，拧紧头顶上灯座里的

① 这里是指印第安保留地，是由美洲原住民部落管理的地区，保留地内的法律不同于周围地区。

灯泡，打开了柜子。他从柜子后面拿出那杆旧双筒猎枪，又伸手从上方架子上的盒子里抓了一把子弹。黄铜子弹头冷冰冰的，他用手掂量了一会儿子弹，然后把它们装进了身上穿的旧大衣的口袋里。

“你不把子弹装上吗，爸爸？”小男孩班尼从身后问道。

韦特转过身来，看着站在厨房门口的班尼和小杰克。自从接到了那个电话，他们就一直缠着他，想知道他这次会不会开枪打人。孩子们说这种话让他担心，就好像他们很喜欢这样的事，这会儿他们站在门口，只顾看他胳膊下夹着的那杆大枪，全然不顾吹进屋里的冷风。

“回屋里去，去你们该去的地方待着。”他说。

他们门也没关，就朝后面他母亲和妮娜待着的地方跑去，随后进了卧室。他看见餐桌旁的妮娜正在哄小宝宝，想让她吃几口南瓜泥，小宝宝一边摇头，一边往后缩。妮娜抬起头，勉强地笑了笑。

韦特走进厨房，随手关上门，把身体靠在门上。他看得出来，她很疲乏，嘴唇上闪着一串汗珠。在他的注视下，她停顿了一下，撩开额前的头发。她又抬头看了他一眼，然后低下头看着小宝宝。她以前生孩子从来没像这次这样吃力。前几次她根本坐不住，哪怕除了做饭和缝补衣服，什么事也没有，她也总是蹦过来跑过去的。他揪着脖子上松松垮垮的皮肤，偷偷瞟了他母亲一眼，吃完饭她就一直坐在炉边的椅子上打盹。她半眯着眼看了看他，点了点头。她今年七十岁了，人已经萎缩，但头发仍然乌黑，编成两个长辫子挂在胸前。李·韦特确信她哪里有点不对劲，因为她有时会连着两天不说一句话，干坐在另一个房间的窗前，盯着峡谷出神。当她那么做时，他会感到心碎，他再也弄不懂她的那些小手势和信号、她的沉默都表示什么。

“你为什么不说点什么？”他问，摇摇头，“妈，你要是什么都不说，我怎么知道你的意思？”韦特看了她一会儿，看见她正在拉扯自己的辫梢，他想等她说点什么。稍后他咕哝着从她跟前走过，取下挂在钉子上的帽子，走了出去。

天很冷。过去三天里下的一两英寸厚的干雪覆盖了一切，地面变得起伏不平，积雪也让房前的几排枯豆秸显得愚蠢可笑。狗听见开门声，从房子下面挣扎着钻了出来，头也不回地朝卡车奔去。“回来！”韦特尖声喊道，喊声在稀薄的空气里回荡着。

他弯下腰，抓住狗冰冷干燥的鼻子。“你最好待在这里。

就这样，就这样。”他来回拨弄着狗的耳朵，四下看了看。天阴沉沉的，看不见峡谷对面的塞特斯山，只能看见平缓起伏的甜菜地，除了少数几处雪没下到的地方，一片白茫茫。远处，查理·崔德威的房子进入他的视线，但他看得出来屋子里没有亮灯。四周静悄悄的，只有低沉的阴云压迫着四周的一切。他以为有风，但是一点风也没有。

“待在这里。听见没有？”

他朝卡车走去，还抱着无须跑这一趟的希望。昨晚他又做梦了（已经不记得梦见了什么），不过自打醒来以后，他就觉得心神不定。他挂着低速挡开到院门口，下车打开院门，开出去，再下车把院门关上。虽然不再养马了，但他已养成了随手关院门的习惯。

大路上，一辆推土机轰轰隆隆地朝他开来，每当碰到冻住的沙砾，金属铲刀就会发出刺耳的响声。他一点也不着急，耐心地等着推土机慢慢开过来。驾驶室里的一个男人探出身来，手里拿着一支烟，经过他身边时挥了挥手。但韦特把头转了过去。推土机开过去后他拐上了大路。路过查理·崔德威家时他看了一眼，还是没有灯光，但车子已经不在那里了。他想起查理几天前和他说起过的上个星期日和人打架的事，那天下午有个男孩翻过他家栅栏，朝畜棚旁边池塘里的野鸭开枪。那些野鸭每天下午都来这儿，查理说。它们信任他，他说，好像这很重要似的。当时他正在畜棚里挤奶，他跑出来，一边挥手一边冲男孩叫喊，那个孩子却用枪对着他。要是我能把那支枪夺下来就好了，当时查理那样说道，并用他那只好眼睛死死盯住韦特，缓缓点了点头。韦特在座位上微微弓起后背。他不想招惹那样的麻烦。他希望像往常一样，等他赶到时，那儿的人已经离开了。

往左开经过西姆科军营[1]，漆成白色的老屋顶耸立在新修的栅栏后面。军营的院门开着，李·韦特看见停在里面的车子，有几个穿着大衣的人在走动。他从没在这里停留过。曾经有一次，老师带着所有的孩子到这里来——她称之为郊游——但是韦特那天没去上学。他摇下车窗清了清嗓子，经过时朝院门吐了一口痰。

他转上 B 号岔道，来到约瑟夫·伊格的住处，所有的灯都开着，就连门廊里也亮着灯。韦特继续往前开，一直

[1] 美国政府为了监视印第安部落而在华盛顿州中南部建立的军营。

开到和科威奇路相交的地方，才下车听动静。就在他以为他们可能已经走掉了，自己可以掉头往回开的时候，他听见远处传来一阵沉闷的枪声。他等了一会儿，然后拿出一块抹布，绕着卡车擦拭车窗边沿的冰雪。上车前他跺掉靴子上的雪，又往前开了一段，直到可以看见那座桥，然后寻找着拐进树林的车子留下的车辙，他知道可以在那里找到他们的车子。他停在一辆灰色轿车后面，熄了火。

他坐在车里等着，脚一紧一松地踩着刹车，听着断续的枪声。过了一会儿，他实在坐不住了，走出驾驶室，慢慢绕到车头前面。他已经有四五年没来这里做过任何事情了。他靠在车子的前挡泥板上，看着这片土地。他不明白所有这些日子是怎么过去的。

他记得小时候，自己急着长大。他经常来这里，在小溪的这一段设陷阱捉麝鼠，布置夜钩钓德国褐鳟。韦特四下看了看，脚在靴子里动了动。所有这些都是好多年前的事了。在长大的那些日子里，他常听他父亲说，会把这片地留给三个儿子。但是两个哥哥都被人杀了。李·韦特成了这片土地唯一的继承人，全部的土地。

他记得那些死亡。先是吉米。他记得自己被一阵激烈的敲门声惊醒——黑暗，炉子里飘出的木沥青味，停在外面的一辆亮着灯、引擎还在转动的车子，车里的喇叭发出刺啦刺啦的声音。他父亲猛地打开门，一个头戴牛仔帽、佩戴手枪的巨大身影（一名警官）堵在了门口。韦特？你儿子吉米在沃帕托的一个舞会上被人捅了。所有人都坐上一辆卡车走了，留下李·韦特一人。那一夜剩下的时间里，他独自蜷缩在火炉跟前，守着对面墙上舞动的影子。再后来，他十二岁那年，又来了一个人，另外一名警官，只说了一句话，让他们最好跟他走一趟。

他离开背靠的卡车，往前走了几步，来到空地边上。现在情况不同了，仅此而已。他三十二岁了，班尼和小杰克在长大，还有这个小宝宝。韦特摇摇头。他用手握住一根高高的乳草，一下子折断了它。听见头顶上野鸭轻轻的叫声，他抬头看了看。他在裤子上擦了擦手，目光跟随着那群野鸭，注意到它们同时展开翅膀，在小溪上方转了一圈。鸭群突然散开了。听到枪声前，他看见三只野鸭栽了下来。他猛地转身，朝卡车走去。

他拿出猎枪，轻轻地关上车门。他走进树林里。天几乎全黑了。他咳嗽了一声，然后抿紧嘴唇站在那里。

他们践踏着灌木丛一路走来，一共两个人。然后，他们摇摇晃晃地翻过栅栏，来到空地，踏着积雪继续往前走。来到车子跟前时，两人都气喘吁吁的。

“天哪，这里有辆卡车！”其中的一个人说，丢掉手里提着的野鸭。

这是一个男孩的声音。他穿着一件厚重的打猎外套，韦特隐隐约约地看见，那个装猎物的口袋被野鸭撑得鼓鼓的。

“别大惊小怪的，好不好？”另一个男孩站住脚，转着脑袋四下张望。“快点！车里没人。快上车！”

韦特站在原地，努力保持声音的平稳：“站着别动。把你们的枪放到地上。”他从树林里慢慢走出来，面对着他们，举起枪，端平枪管。“把外套脱了，把里面的东西都倒出来。”

“哦，天哪，我的老天啊！”一个男孩说。

另外那一个什么都没说，脱下外套，开始往外掏鸭子，眼睛还在四处张望。

韦特打开他们的车门，伸进去一条胳膊，在里面摸索着，终于找到了车大灯的开关。两个男孩都用一只手遮住眼睛，然后转过身背对着车灯。

“你们以为这是谁的地盘？”韦特说，“你们想干什么，敢在我的地里打野鸭！”

其中的一个男孩小心地转过身来，手仍然挡在眼前。“你想怎么着？”

“你觉得呢？”韦特说，他的声音听上去很空洞，轻飘飘的，连自己都觉得很陌生。他听见几只野鸭落在溪边，朝仍在天上飞着的野鸭嘎嘎地叫着。“你觉得我会对你们怎么着？”他说，“如果逮到闯入你家地盘的男孩，你会怎么着？”

“假如他们说声对不起，假如他们只是初犯，我就会放了他们。”男孩回答道。

“我也会这样，先生，假如他们道歉的话。”另一个男孩说。

“你们会这样？你们真的觉得自己会这么做？”韦特知道自己是在拖延时间。

他们没有回答。他们站在车大灯刺眼的光线里，然后再次转过身去。

“我怎么知道你们之前没来过这里？”韦特说，“上几次我来这儿的时候是不是你们？”

“我用人格担保，先生，我们之前从没来过这里。我们正好路过。老天作证。”男孩抽泣起来。

“这是千真万确的，”另一个男孩说，“谁一生中都会犯一次错误。”

现在天全黑了，车大灯灯光里飘着毛毛细雨。韦特竖起衣领，眼睛紧盯着男孩。小溪下游传来一声刺耳的公鸭叫。他瞟了一眼四周奇形怪状的树木，又把目光收回到男孩的身上。

“也许吧。”他说，移动了一下双脚。他知道自己一会儿就会放他们走。除此之外也没有别的办法。他的目的是把他们从这块地里赶走，这才是最重要的。“你们到底叫什么名字？你叫什么？你。这辆车子是你的吗？你叫什么名字？”

“鲍勃·罗伯茨。”一个男孩飞快地回答道，看了一眼身旁的男孩。

“威廉姆斯，先生，”另一个男孩说，“比尔·威廉姆斯，先生。”

韦特其实很想原谅他们，他们还只是孩子，他们是因为害怕才说谎的[1]。他们背对他站着，韦特站在那里看着他们。

“你们在撒谎！”他被自己的声音吓了一跳，“你们为什么要对我撒谎？你们跑到我的地里来，打我的鸭子，再对我撒个弥天大谎！”他把枪架在车门上稳住枪筒。他听见树顶上树枝相互摩擦的声音。他想着约瑟夫·伊格坐在自己亮着灯的房子里，脚翘在一个箱子上，听着收音机。

“好了，好了，”韦特说，“谎话精！站着别动，谎话精。”他僵硬地绕到他的卡车跟前，拿出一个装甜菜的旧麻袋，抖开麻袋，让他们把所有的野鸭都装进去。他一动不动地站在那里，等着，膝盖不由自主地抖动着。

“去呀，快点。继续装！”

他们朝车子走过来，他往后退了一步。“要倒车开到路上，你们在后面跟着我。”

“是，先生，”一个男孩说着，坐到了方向盘后面，“可是万一车子发动不起来怎么办？电池有可能用完了，你也知道，它本来就不怎么好。”

“我不知道，”韦特说，四下看了看，“估计我得把你

---

① 两个男孩在报自己名字的时候都在说谎，因为“鲍勃”是“罗伯特”的昵称，而“比尔”则是“威廉姆斯”的昵称。

们推出来。”

男孩关掉车灯，踩了一下油门，转动点火器。引擎慢慢转动起来，打着了，男孩踩住油门，让引擎空转了一会儿才打开车灯。韦特研究着朝向他的这两张冰冷惨白、等待他发出讯息的脸。

他把装野鸭的麻袋扔到卡车上，再把双筒猎枪横放在座位上。他上了车，小心翼翼地把车子倒到路上，等他们也倒出来后，他尾随着他们来到 B 号岔道，停了下来，但没有熄火，看着他们车子的尾灯消失在往托珀尼什的方向。他把他们从这块地里赶走了。这才是最重要的。可是他不明白自己为什么会觉得已经发生了什么至关重要的事，一次失败。

但什么事也没有发生。

雾一团一团地从峡谷底部往上冒。他停车打开院门的时候，已经看不清查理家了，只能看见门廊里亮着的一盏微明的灯。他不记得下午路过时那盏灯是否亮着。狗趴在畜棚边等他，当韦特把装野鸭的麻袋甩上肩头，朝房子走去时，狗跳起来去嗅麻袋里的鸭子。他在前门廊停留了好一会儿，不慌不忙地把枪放好，把鸭子丢在柜子旁边的地上，准备明后天再来清理它们。

“李？”妮娜喊道。

韦特脱下帽子，把灯泡拧松了，开门前在黑暗中停顿了一下。

妮娜坐在厨房的餐桌旁，身边的一张椅子上摆着放针线的小盒子。她手里拿着一块粗纹布，桌子上放着两三件他的衬衣，还有一把剪刀。他倒了一杯水，从水池上方的架子上捡起几块彩色的石头，孩子们总把这样的石头往家里拿。那里还放着一个干了的松果，几片夏天留下来的薄薄的大枫叶。他扫了一眼食品柜，不过并不觉得饿。随后他来到厨房门口，倚在门框上。

这是一栋很小的房子。有点转不开身。

几个孩子都睡在后面的一个房间里，韦特、妮娜和他妈妈睡在旁边的一个房间里，不过到了夏天，他和妮娜有时会睡在屋外。从来都是这样，地方小得转不开身。他母亲还在炉子边上坐着，腿上盖了一条毯子，小眼睛睁着，正注视着他。

“儿子们要等你回来再去睡觉，”妮娜说，“但是我告诉他们，你说了他们必须先睡。”

“当然，就得这样，”他说，“他们必须去睡觉，没得商量。”

“我有点担心。”她说。

“担心？”他试图让自己的声音听上去很吃惊，“你也担心吗，妈？”

老妇人没有回答。她的手指头在毯子下面蠕动，拉扯着掖紧毯子，挡住冷风。

“感觉怎么样，妮娜？今晚好点了吗？”他拖过一把椅子，在桌旁坐下。

妻子点点头。他没再说什么，只管低着头，用指甲在桌子上刻画着。

“你逮到谁了吗？”她说。

“两个小孩，”他说，“我把他们放了。”

他站起来，走到炉子的另一边，朝放柴火的箱子里吐了一口痰，手指勾住屁股后面的口袋站在那里。靠着炉子的木头已经发黑，开始剥落，他看见头顶架子上支棱着一根三文鱼鱼叉，和一团棕色的渔网缠在了一起。那到底是什么？他眯缝起眼睛看着。

“我把他们放了，”他说，“也许我对他们太客气了。”

“你做得对。”妮娜说。

他瞟了一眼炉子对面的母亲，她脸上没有任何表情，只是用黑眼珠盯着他。

“我也说不好。”他说。他努力回想着，但是这件事好像早已过去，不管是什么，已经过去很久了。“要我说的话，我应该多吓唬吓唬他们。”他看着妮娜。“我的地盘，”他加了一句，“我完全可以杀了他们。”

“杀了谁？”他母亲说。

“就是科威奇路那块地上的那些小毛孩。约瑟夫·伊格电话里说的那件事。”

从他站着的地方，他可以看到母亲的手指在腿上移动，抚摸着毯子上凸起的条纹。他靠在炉子上，想说点别的，但不知道该说什么。

他晃到桌子跟前，重新坐下来。这时他才意识到自己还穿着大衣，他站起来，花了点时间才解开大衣，然后把大衣横放在桌子上。他把椅子拉近妻子的膝盖，无力地环抱双臂，用手指拽着衣袖。

“我在想，也许该把地租给那里的狩猎俱乐部。地在那里对我们一点用处也没有，是不是？如果我们的房子在那里，或者那块地就在这儿，就是另一回事了，是吧？”

寂静中他只能听见炉子里木头发出的噼啪声。他把两只手平摊在桌子上，感觉到了手臂上脉搏的跳动。“我可以把地租给托珀尼什或者雅基马的野鸭俱乐部。随便哪个俱乐部都想要这样的地，就在候鸟迁徙的路线上。这是谷里最好的打猎点……假如我能让它派点用场，情况就会不一样了。”他的声音弱了下来。

她在椅子里动了动身子。她说：“要是你觉得该这么做的话。你觉得该怎样就怎样。我不懂。”

“我也不懂。”他说。他的目光扫过地面，越过他母亲，再次停在那支三文鱼鱼叉上。他站起来，摇了摇头。他穿过小房间的时候，老妇人勾着脑袋，脸贴着椅背，眯着的眼睛跟随着他。他伸手从开裂的架子上取下鱼叉和团在一起的渔网，在她的座椅背后转过身来。他看着那颗黑黑的小脑袋，看着那条柔顺地搭在她隆起肩膀上的褐色羊毛披肩。他转动着手里的鱼叉，开始解缠在上面的渔网。

“你能得多少钱？”妮娜说。

他知道自己不清楚。这个问题甚至让他感到了一丝困惑。他扯着渔网，然后把鱼叉放回到架子上。屋外，一根树杈粗暴地刮擦着屋子。

“李？”

他不是很确定，他得去问一问。马克·查克去年秋天租出去三十英亩，挣了五百美元。杰罗姆每年都要租一部分地出去，不过韦特从来没问过他挣了多少钱。

“也许一千块吧。”他说。

“一千块？”她说。

他点点头。她的惊奇让他松了口气。“也许吧。也许更多。等一等才能知道。我要去打听一下。”这确实是一大笔钱。他想象着自己拥有一千美元的感觉。他闭上眼睛，试图想清楚。

“这不是把地卖了吧，不是吧？”妮娜问，“如果你把地租给他们，这块地还是你的？”

“没错，没错，当然还是我的地！”他朝她走过来，靠在她对面的桌沿上，“你不知道这之间的差别吧，妮娜？他们无法购买保留地里的土地。你不知道这个吗？我会租给他们，让他们使用。”

“我明白了。”她说。她低下头，挑着他一件衬衫袖子上的线头，“他们必须把它还回来？地还是你的？”

“你还是不明白？”他说。他抓住桌沿。“这是租约！”

“这事妈怎么看？”妮娜说，“这样做可以吗？”

他们俩同时看了一眼老妇人，可是她的眼睛闭上了，像是睡着了。

“一千美元。”妮娜说，摇了摇头。

一千美元，或许更多，他不知道。不过就算是一千美元吧！他想着该怎样着手这件事，让别人知道他有块地要出租。今年已经太晚了，不过春季到来时就可以开始打听。他抱着胳膊思考着。他的腿开始打战，他靠在墙上。他靠在那里休息了一会儿，然后任由身体顺着墙壁慢慢下滑，直到自己完全蹲在了地上。

“只不过是一张租约。”他说。

他盯着地面。从他的那个角度看，地面似乎有点倾斜，好像在移动。他闭上眼睛，用双手捂住耳朵，来稳住自己。随后他想把手掌窝起来，这样就能听见那种咆哮，像是风灌进贝壳发出的响声。

阿拉斯加有什么？

杰克三点下班。他离开修车站，开车去了离他公寓不远的一家鞋店。他把脚放在一个小凳子上，让店员把工作靴的鞋带松开。

“来双舒服点的，”杰克说，“平时穿的。”

“我们有几双这样的。”店员说。

店员拿来了三双鞋，杰克选了那双柔软的米色鞋。鞋不挤脚，脚下很轻快。付完钱，他夹着装旧靴子的鞋盒，一边走一边看着脚上的新鞋。开车回家的路上，他觉得脚可以在踏板间很随意地移来移去。

“买了双新鞋，”玛丽说，“让我瞧瞧。”

“喜欢吗？”杰克问。

“我不喜欢这种颜色，但我敢打赌穿着肯定很舒服。你是需要双新鞋了。”

他又看了一眼鞋。“我得洗个澡。”他说。

“今天我们早点吃晚饭，”她说，“海伦和卡尔叫我们晚上过去。海伦买了个水烟管，是给卡尔的生日礼物，他们急着想试试。”玛丽看了他一眼，“你没别的事吧？”

“几点？”

“七点左右。”

“可以。”

她又看了一眼他的鞋，吸了下腮帮子。“你去洗澡吧。”她说。

杰克打开水龙头，把衣服和鞋都脱了，他在澡盆里躺了一会儿，就开始用刷子来清洗指甲里的机油垢。他把手在澡盆里泡了泡，举到眼前。

她打开浴室的门。“我给你拿了瓶啤酒。”蒸汽立刻罩住了她，向客厅弥漫。

“我一会儿就好。”他说着，喝了口啤酒。

她坐在浴盆边上，把手放在他的大腿内侧。“从战场上回来了。”她说。

“从战场上回来了。”他说。

她的手在他湿漉漉的腿毛上慢慢滑动。突然，她拍了一下手："嗨，有件事要告诉你！我今天参加了一个面试，我想他们会给我这个工作的，在费尔班克斯[1]。"

"阿拉斯加？"他问道。

她点了点头，"你觉得怎样？"

"我一直想去阿拉斯加，把握大吗？"

她点了点头，"他们喜欢我，说下周就有消息。"

"太好了，把毛巾递给我，可以吗？我要出来了。"

"我去把饭菜端上桌。"她说。

他的手指头和脚指头都泡得有点发白发皱了。他慢慢把自己擦干，穿上干净的衣服和那双新鞋，梳了梳头，然后进了厨房。她把饭菜端上桌时，他又喝了瓶啤酒。

"我们该带些香草汽水和零食过去，"她说，"我们得去趟商店。"

"汽水和零食，好主意。"

吃完饭，他帮她收拾桌子。然后他们开车去了超市，买了香草汽水、薯片、玉米片和洋葱味脆饼干。在收银台前，他又抓了一大把"哟喏"巧克力棒。

"哎，太好啦。"她看见后说。

① 费尔班克斯，阿拉斯加州第二大城市。

他们又开车回家，停了车，走路去海伦和卡尔家。

海伦打开门，杰克把袋子放在餐厅的桌子上，玛丽往摇椅上一坐，吸了吸鼻子。

“我们来迟了，”她说，“杰克，他们没等我们来就开始了。”

海伦笑了：“卡尔回来后我们抽了一根，我们在等你们，还没有点水烟管。”她站在屋子中间，看着他们，咧开嘴笑着。“让我瞧瞧袋子里面都有什么。”她说，“哦，哇！我现在就想来片玉米片，你们也来点？”

“我们刚吃了晚饭，”杰克说，“待会儿再说吧。”水声停了下来，杰克听见卡尔在浴室里吹口哨。

“我们有一些冰棍和 M&M 巧克力豆。”海伦说。她站在桌边，手伸进装薯片的袋子里。“如果卡尔能把澡洗完的话，他会去准备那个水烟管的。”她打开装饼干的盒子，往嘴里放了一片。“嗯，好吃。”她说。

“我不知道艾米丽·波斯特会怎么说你。”玛丽说。

海伦摇摇头，只管笑。

卡尔从浴室里出来。“你们好。嗨，杰克，有什么好笑的？”他笑着说，“我刚才听见你们在笑。”

“我们在笑海伦。”玛丽说。

“海伦一直笑个不停。”杰克说。

“她很搞笑的。”卡尔说，“这么多好吃的！嗨，你们想来杯汽水吗？我去把管子准备好。”

“我要来一杯，”玛丽说，“你呢，杰克？”

“我也来点。”杰克说。

“杰克今晚不太痛快。”

“你为什么这么说？”杰克问道。他看着她说：“这倒是个让我不痛快的好办法。”

“我逗你呢。”玛丽说。她走过来坐到他身边。“我只是想和你开个玩笑，宝贝。”

“嗨，杰克，别不开心，”卡尔说，“给你看看我的生日礼物。海伦，你去开瓶汽水，我得去准备那个管子了，我口渴得要命。”

海伦把薯片和脆饼干放在茶几上，她开了瓶汽水，拿出四个杯子。

“看来我们今天可以狂欢一番了。”玛丽说。

“我已经饿了自己一整天了，不然的话，一周下来非长十磅不可。”海伦说。

“这我太知道啦。”玛丽说。

卡尔拿着水烟管从卧室里走出来。“怎么样？”他一边问杰克，一边把管子放在咖啡桌上。

“像那么回事。”杰克说。他把它拿起来，看了看。

“这玩意叫水烟，”海伦说，“卖这个的人是这么说的。这只是个小号的，但很管用。”她笑了笑。

“哪儿买的？”玛丽问道。

“什么？第四街上的那个小店，你知道的那个。”海伦说。

“当然，知道了，”玛丽说，“改天我得去一趟。”玛丽说。她抱着胳膊，看着卡尔。

“这玩意怎么个用法？”杰克问道。

“你把烟草放在这里，”卡尔说，“把它点着，再从这头吸，烟从水里滤过。这样一来，味道好，有劲。”

“我也想给杰克买一个当圣诞礼物。”玛丽说。她笑着看了眼杰克，碰了一下他的胳膊。

“我想要一个。”杰克说。他伸直了腿，在灯光下看着自己的鞋子。

“来，试一下。”卡尔细细地吐出一口烟，把管子递给杰克。“看看怎么样。”

杰克就着管子吸了一口，屏住烟，把管子传给海伦。

“玛丽你先来，”海伦说，“我排在玛丽后面，你们得快点赶上了。”

“同意。”玛丽说。她把管子塞进嘴里，狠吸了两口。杰克看着她弄出来的水泡。

“真不错。”玛丽说，把管子传给了海伦。

“我们昨晚刚开始用它。”海伦一边说，一边大声笑着。

“她早上和孩子起来时还在那儿飘飘欲仙呢。”卡尔说，他笑着看海伦抽烟。

“孩子们怎样？”玛丽问。

“他们很好。”卡尔把管子塞进嘴里说。

杰克一边呷着汽水，一边看着管子里面的水泡。这让他想起了潜水员头盔上冒出来的水泡，他还想起了珊瑚礁和一大群奇形怪状的鱼。

卡尔把管子传了过去。

杰克站起身来，伸了个懒腰。

“你要去哪儿，宝贝？”玛丽问道。

“哪儿也不去。”杰克说。他坐了下来，摇了摇头，笑着说：“天哪。”

海伦在笑。

“有什么好笑的？”等了好一会儿后，杰克问道。

“天知道。”海伦说。她擦了擦眼睛，又笑了，玛丽和卡尔也开始大笑。

过了一会儿，卡尔拧开烟管上部的盖子，对着一根管子使劲吹气。“有时它会堵住。”

“你说我不痛快是什么意思？”杰克问玛丽。

“什么？”玛丽说。

杰克看着她，眨了眨眼。“你刚才说我不太痛快，为什么那么说？”

“我不记得了，不过你一不高兴，我马上就会知道，”她说，“请别说扫兴的话了，行吗？”

“可以，”杰克说，“我只是不知道你为什么要那么说。在你开口之前我好好的，你这么一说，反倒让我不高兴了。”

“如果鞋子合脚的话。”玛丽说。她靠着沙发的扶手狂笑起来，把眼泪都笑了出来。

“你们在说什么？”卡尔问道。他看了一眼杰克，又看了一眼玛丽。“我刚才没听见。”卡尔说。

“我应该给薯片做一点蘸酱的。”海伦说。

“不是还有一瓶香草汽水吗？”卡尔说。

“我们带了两瓶来。”杰克说。

“两瓶都喝完了？”卡尔说。

“我们喝了吗？”海伦大笑着说。“没喝完，我只开了一瓶，我想我只开了一瓶，我不记得后来又开过。”海伦说，还在不停地大笑。

杰克把管子递给玛丽，她抓住他拿管子的手，把管子塞进嘴里。过了很长时间，他看见烟从她的嘴里冒了出来。

“来点汽水怎么样？”卡尔说。

玛丽和海伦在笑。

“为什么？”玛丽问。

“这个么，我以为我们要喝一杯。”卡尔说。他看着玛丽，咧嘴笑了笑。

玛丽和海伦还在大笑。

“有什么好笑的？”卡尔说，他看了眼海伦，又看了眼玛丽，摇了摇头。“我真搞不懂你们。”他说。

“我们有可能会去阿拉斯加。”杰克说。

“阿拉斯加？”卡尔说，“阿拉斯加有什么？你们去那儿干什么？”

“我倒是希望我们能去个什么地方。”海伦说。

“这儿有什么不好？”卡尔说，“你们去阿拉斯加干什么？真的，我想知道。”

杰克放了片薯片在嘴里，啜着汽水。“我不知道，你说呢？”

过了一会儿，卡尔说：“阿拉斯加有什么？”

“我不知道，”杰克说，“问玛丽，玛丽知道。玛丽，我去了那儿能干点什么？也许，我可以去种你读到过的那种超大卷心菜。”

“或者南瓜，”海伦说，“种南瓜。”

“你们会发大财的，”卡尔说，“过万圣节时把南瓜运到这儿来，我来做你们的批发商。”

“卡尔做你们的批发商。”海伦说。

“就是，”卡尔说，“我们都赚它一大笔。”

“发大财。”玛丽说。

过了一会儿，卡尔站了起来，“我知道什么东西美味了，香草汽水。”卡尔说。

玛丽和海伦在大笑。

“你们就笑个够吧。”卡尔说，自己也笑了一下。“谁要来一点？”

“来点什么？”玛丽问。

“来点汽水。”卡尔说。

“你站起来的样子就像要发表演讲一样。”玛丽说。

“我倒是没往那儿想。”卡尔说，摇了摇头，也开始大笑。他坐了下来。“这玩意不错。”他说。

“我们应该多弄点。”海伦说。

“多弄点什么？”玛丽问。

“多弄点钱。”卡尔说。

“没钱。”杰克说。

“纸袋里面装的是‘哟喏’棒吗？”海伦说。

“我买了一点，”杰克说，“我快出超市时才看见它们。”

“‘哟喏’棒不错呀。”卡尔说。

“它们滑溜溜的，”玛丽说，“入口即化。”

“如果有人想吃的话，我们有一些 M&M 巧克力豆和冰棍。”卡尔说。

玛丽说："我来根冰棍吧。你去厨房吗？"

"是的，我要去拿汽水，"卡尔说，"刚刚想起来，你们要来一杯吗？"

"先都拿来再说，"海伦说，"还有 M&M 巧克力豆。"

"看来把厨房搬过来要容易一些。"卡尔说。

"我们住在城里的时候，"玛丽说，"听别人说，只要在早上看看厨房，就知道谁家前一天晚上疯狂过。我们住在城里时，只有一间很小的厨房。"她说。

"我们现在的厨房也不大。"杰克说。

"我去看看能找出些什么来。"卡尔说。

"我和你一起去。"玛丽说。

杰克看着他们向厨房走去。他把背靠在沙发的垫子上，看着他们。然后他慢慢地向前倾身，眯起眼睛。他看见卡尔伸手去够碗柜架子上的东西，玛丽的身子贴在卡尔的后面，用手臂搂住了他的腰。

"你们俩是认真的吧？"海伦说。

"非常认真。"杰克说。

"去阿拉斯加。"海伦说。

杰克望着她。

“我记得你说过。”海伦说。

卡尔和玛丽回到客厅。卡尔拿了一大袋 M&M 巧克力豆和一瓶汽水，玛丽在吮一根橘子味的冰棍。

“谁想吃三明治？”海伦说，“我们有做三明治的东西。”

“真有意思，”玛丽说，“先吃甜食，再吃正餐。”

“是有意思。”杰克说。

“你是在挖苦人吧，宝贝？”玛丽说。

“谁想要汽水？”卡尔说，“汽水马上就到。”

杰克递过杯子，卡尔把杯子倒满。杰克将杯子放在咖啡桌上，但他伸手去够的时候碰翻了它，汽水倒在了他的一只鞋子上。

“真该死，”杰克说，“你们看见了吧？我把自己的鞋子浇湿了。”

“海伦，我们有纸巾吗？给杰克拿点来。”卡尔说。

“这是双新鞋，”玛丽说，“他刚买的。”

“看上去很舒服。”海伦说，等了好一会儿，她才递了一卷纸巾给杰克。

“我就这么跟他说的。”玛丽说。

杰克脱下那只鞋，用纸巾擦着皮面。

“完了，”杰克说，“汽水肯定擦不掉了。”

玛丽、卡尔和海伦在哈哈大笑。

“这倒是让我想起在报上看到的一件事。”海伦说，她眯着眼，用手指压着自己的鼻尖。“我现在想不起来是什么了。”她说。

杰克穿上那只鞋，他把两只脚都放在台灯下面，同时盯着两双鞋看。

“你读到过什么？”卡尔说。

“什么？”海伦说。

“你说你在报上读到过什么。”卡尔说。

海伦笑了。“我刚才在想阿拉斯加，我记得他们发现了一个包在冰块里的史前人，有什么让我想起了这个。”

“那不在阿拉斯加。”卡尔说。

“也许吧，但它让我想起了这件事。”海伦说。

“你们俩，阿拉斯加到底是怎么回事？”卡尔说。

“阿拉斯加什么都没有。”杰克说。

“他心情不太好。”玛丽说。

“你们在阿拉斯加能干些什么呢？”卡尔说。

“在阿拉斯加什么都干不了。”杰克说。他把脚放到茶几下面，又把它们再次移到灯光下面。“谁想要一双新皮鞋？”杰克说。

“什么声音？”海伦说。

他们听见有个东西在抓门。

“听上去像是辛蒂，”卡尔说，“最好让它进来。”

“你起身时，顺便给我拿一根冰棍。”海伦说，她把头向后一仰，大笑起来。

“我也来一根，宝贝。”玛丽说。“我说什么呢？我是想说卡尔。”玛丽说，“对不起，我以为我是在和杰克说话呢。”

“每人都来根冰棍，”卡尔说，“你要根冰棍吗，杰克？”

“什么？”

“你要一根橘子味冰棍吗？”

“来根橘子味的。”杰克说。

“四根冰棍马上就到。”卡尔说。

过了一会儿，卡尔拿来四根冰棍，分给了大家。他坐下后，他们又听见了抓门声。

“我就知道我忘记了什么。”卡尔说。他站起身，把门打开。

“老天爷，”他说，“这可真了不得。我猜辛蒂今晚外出吃正餐去了。嗨，你们大家，快来看这个。”

猫叼着一只老鼠进了客厅，停下来看了看他们，然后叼着老鼠沿着走廊跑了。

“你们都看见了吗？”玛丽说，“正说着不痛快呢。”

卡尔打开走廊里的灯，猫叼着那只老鼠，从走廊跑出来，一头钻进了卫生间。

“它在吃老鼠。”卡尔说。

“我不想让它在卫生间里吃老鼠，”海伦说，“把它弄出去，里面有孩子们的东西。”

“它不会出来的。”卡尔说。

“老鼠呢？”玛丽说。

“管它呢，”卡尔说，“如果我们要去阿拉斯加的话，辛蒂必须学会狩猎。”

“阿拉斯加？”海伦说，“这和阿拉斯加有什么关系？”

“别问我。”卡尔说。他站在卫生间门口，看着猫。“玛丽和杰克说他们要去阿拉斯加，辛蒂应该学会狩猎。”

玛丽用手托住下巴，看着走廊。

“它在吃老鼠。”卡尔说。

海伦吃掉了最后一片玉米片。“我说了我不要辛蒂在卫生间里吃老鼠，卡尔？”海伦说。

“什么？”

“我说了，把它从卫生间弄出去。”海伦说。

“看在老天的分上。”卡尔说。

“看呀，”玛丽说，“呃，这该死的猫过来了。”

“它要干什么？”杰克说。

猫把老鼠拖到咖啡桌的下面，它趴在桌下，舔着老鼠。它用爪子摁住老鼠，慢慢地舔着它，从头到尾。

“这只猫很兴奋。”卡尔说。

“它让你打哆嗦。”玛丽说。

“这是天性。”卡尔说。

“看它的眼睛，”玛丽说，“看它看我们的眼神，它确实很兴奋。”

卡尔来到沙发这边，在玛丽身旁坐了下来。玛丽往杰克那边挪了挪，给卡尔腾了点地方。她把手放在杰克的膝盖上。

他们看着猫在那里吃老鼠。

“你们从来不喂这只猫？”玛丽对海伦说。

海伦笑着。

“再抽一根怎么样？”卡尔说。

“我们得走了。”杰克说。

“你们着什么急？”卡尔说。

“再待一会儿吧，”海伦说，“你们不用着急走嘛。”

杰克盯着玛丽，玛丽凝视着卡尔，卡尔却盯着脚边的地毯看。

海伦挑着手上的 M&M 巧克力豆。

“我最喜欢绿色的。”海伦说。

“我得早起上班。”杰克说。

“瞧他不痛快的样子，”玛丽说，“你们如果想见识一个不痛快的，伙计们，这儿就有一个。”

“你走不走？”杰克说。

“谁想来杯牛奶？”卡尔说，“我们还有点牛奶。”

“我汽水喝饱了。”玛丽说。

“汽水一点都没剩下。”卡尔说。

海伦在笑，她合上眼睛，又睁开，大笑起来。

“我们该回家了。”杰克说。过了一会儿，他站了起来。“我们穿外套来了吗？我觉得我们没穿。”

“什么？我觉得我们没穿。”玛丽说。她仍然坐在那里。

“我们最好还是走吧。”杰克说。

“他们得走了。”海伦说。

杰克把手伸到玛丽的腋窝下面，把她拉了起来。

“再见了，伙计们，”玛丽说。她抱着杰克，“我太饱了，动都动不了。”

海伦只是笑。

“海伦总能发现好笑的事。”卡尔说完咧嘴一笑，“你在笑什么，海伦？”

“我不知道，玛丽说过的事。”海伦说。

“我说什么啦？”玛丽说。

“我不记得了。”海伦说。

“我们该走了。”杰克说。

“再见，”卡尔说，“回头见。”

玛丽想挤出一点笑容来。

“走吧。”杰克说。

“晚安，各位，”卡尔说，“晚安，杰克。”杰克听见卡尔说得非常非常慢。

他们来到外面，玛丽低着头，拖着杰克的胳膊往前走。他们在人行道上慢慢地走着。他听着她的鞋子在地上蹭出的声音，还听见一些断续刺耳的狗叫声，以及浮在这些声音上面的、远处车辆发出的微弱的呼啸声。

玛丽抬起头来。“到家后，杰克，我要你和我做，跟我说话，让我高兴。我要换换脑子，杰克，今晚我得换换脑子。”她抱紧了他的胳膊。

他能感觉到那只鞋子上的潮湿。他打开门，拨了一下灯开关。

“上床来。”玛丽说。

“这就来。”他说。

他进了厨房，一口气喝了两杯水。关了客厅的灯，他摸黑走进卧室。

“杰克！”她大叫，“杰克！”

“老天爷，是我！”他说，“我在开灯。”

他找到了台灯。她坐在床上，眼睛发亮。他上好闹钟，开始脱衣服。他的膝盖有点发抖。

“还有可以抽的吗？”她说。

“我们什么都没有。”他说。

“那就给我弄杯喝的来，我们有喝的东西，别跟我说我们什么喝的都没有。”她说。

“只有啤酒。”

他们瞪着眼，互相看着。

“我要杯啤酒。”她说。

“你真的要喝？”

她咬着自己的嘴唇，慢慢地点了点头。

他拿来啤酒，她坐在床上，大腿上放着他的枕头。他把啤酒递给她，自己爬到床上，把被子拉上来。

“我忘记吃药了。”她说。

“什么？”

“忘记吃药了。”

他从床上爬起来，取来她的药。她睁开眼，他把药丢在她伸出的舌头上。她就着啤酒把药咽了下去，他回到了床上。

“把这个拿走，我眼睛都睁不开了。”她说。

他把啤酒罐放在地上，侧身躺着，盯着漆黑的走廊。

她把手放在他的肋骨上，手指在他的胸口慢慢地划着。

“阿拉斯加有什么？”她说。

他翻过身来，趴在床上，小心地把自己挪到他自己的那一侧。不一会儿，她就打起了呼噜。

他正准备把台灯关掉，就觉得在走廊里看见了什么。他紧盯着那儿看了一会儿，好像又看见了，是一双小眼睛。他的心跳一下子就加快了，他眨了眨眼，仍然盯着那儿看。他弯下身来想找个可以扔的东西，捡起了他的一只鞋子。他坐直了身子，双手举着鞋子。他咬着牙，听着她的呼噜声。他等着。他等着它再动一下，等着它发出最细微的响动。

夜校

我的婚姻刚刚破裂。我找不到工作。我有个女朋友，但她不在城里。我正在酒吧里喝啤酒，两个女人坐在吧台那儿，和我只隔着几张凳子，其中一个和我聊了起来。

“你有车吗？”

“有，但不在这儿。”我说。

车在我老婆手里。我住在我父母那儿。我有时用一用他们的车。但今晚我是走着过来的。

另一个女人看着我。她们俩都四十岁左右，可能更老一点。

“你问他什么了？”那个女人对第一个女人说。

“我问他有没有车。”

“那么你有车吗？”第二个女人问我。

“我正跟她说呢，有是有，但没有开过来。”我说。

“那一点用处也没有，是不是？”她说。

第一个女人笑了起来。“我们有个好主意，但得有辆车才行。没办法。”她转身又向酒保要了两杯啤酒。

我一直在慢慢地喝着啤酒，想到她们也许会帮我买一杯，就把酒一口喝干了。但她们没有给我买。

“你是干什么的？”第一个女人问我。

“目前的话，什么也不干。”我说，“有时候，如果可能的话，我去上学。”

“他上学，”她对另一个女人说道，“他是个学生。你在哪儿上学？”

“附近。”我说。

“我跟你说过，”女人说，“难道他看上去不像个学生吗？”

“他们都教你些什么？”第二个女人说。

“什么都教。”我说。

“我的意思是，”她说，“你计划将来做什么？你这一生的目标是什么？所有人都得有个人生目标吧。”

我冲酒保举起我的空杯子。他接了过去，又给我倒了一杯啤酒。我数出一些零钱，这样一来，几小时前刚来时仅有的两美元就只剩下三十美分了。她还在等我回答。

“做老师，教书。”我说。

“他想做老师。”她说。

我小口喝着啤酒，有人往自动点唱机里丢了个硬币，一首我老婆喜欢的歌响了起来。我四处看了看。前面的沙壶球[1]桌那儿站着两个男人。门开着，外面天黑着。

“知道吧，我们也是学生，”第一个女人说，“我们也上学。”

“我们选晚上的课程，”另一个女人说，“我们选了星期一晚上的阅读课。”

第一个女人说：“你为什么不往这边挪一下，老师，这样我们就不用喊着说话了。”

我拿起啤酒和香烟，往那边移了两个座位。

“这样好多了，”她说，“那个，你说你是个学生？”

“有时候是，但现在不是。”我说。

“在哪儿？”

“州立大学。”

“这就对上了，”她说，“我想起来了。”她看着另一

① 一种酒吧游戏，游戏双方在长桌一端，把一个金属圆盘滑向另一端，越接近另一端则得分越高。

个女人。“你有没有听说过一个叫帕特森的老师？他教成人教育的课程。他教我们星期一晚上的那门课。你和帕特森很像。”

她们互相看了看，笑了起来。

“别不高兴，”第一个女人说，“这是个私底下的玩笑。要不要告诉他我们想要做的事情，伊迪丝？要不要？”

伊迪丝没有回答。她喝了一口啤酒，眯着眼，透过酒吧后面的镜子看着她自己，看着我们三人。

“我们在想，”第一个女人接着说道，“如果我们今晚有辆车，我们就过去看看他，帕特森。是不是呀，伊迪丝？”

伊迪丝冲自己笑了笑。她喝完啤酒，又要了一轮，包括我的一杯。她用一张五美元的纸币付了酒账。

“帕特森喜欢喝一杯。”伊迪丝说。

“说得不错。”另一个女人说。她向我转过身来。“有天晚上上课时我们说起过这个。帕特森说他吃饭时总要喝点葡萄酒，晚餐前喝一两杯开波酒。”

“什么课？”我说。

“帕特森的阅读课。帕特森爱说一些不相干的东西。”

“我们在学习阅读，”伊迪丝说，“你相信吗？”

“我喜欢读海明威这一类的东西，”另一个女人说，“但是帕特森让我们读类似于《读者文摘》的故事。”

“我们每星期一晚都有测验。”伊迪丝说，“但帕特森还行。他不会介意我们上他那儿喝一杯开波酒的。不过，他就是想介意也没用。我们有他的把柄。帕特森的。”她说。

“我们今晚有空，”另一个女人说，“但是伊迪丝的车送出去修了。”

“如果你现在有辆车，我们就可以去他那儿看看。”伊迪丝说。她看着我。“你可以告诉帕特森你想成为一名老师。你们俩有点像。”

我喝完啤酒。除了一些花生，我这一天还没吃其他东西。很难继续聊天和听人说下去。

“请再来三杯，杰瑞。”第一个女人对酒保说道。

“谢谢。”我说。

“你会和帕特森处得来的。”伊迪丝说。

“给他打电话呀。”我说。我以为这只是说说而已。

“我才不那么做呢，”她说，“他会找借口。我们直接上门，他就不得不让我们进家门了。”她小口喝着啤酒。

“那我们走吧！”第一个女人说，“还等什么？你说的车子在哪儿？”

“离这不远就有一辆车。”我说，“不过我也说不准。”

“你到底想不想去？”伊迪丝说。

“他说他要去的。”第一个女人说，“我们带上半打啤酒。”

“我只有三十美分。”我说。

“谁他妈要你的钱？”伊迪丝说。“我们需要的是你那辆该死的车。杰瑞，再来三杯。还要半打装的带走。”

“为帕特森，”啤酒端上来后第一个女人说，“为帕特森和他的开波酒。”

“他一定会目瞪口呆的。”伊迪丝说。

“干了。”第一个女人说。

我们走在人行道上，向南朝镇外走去。我走在两个女人中间。大约十点了。

“我现在就想喝一罐啤酒。”我说。

“别客气。”伊迪丝说。

她打开纸袋，我伸手进去扯下一罐啤酒。

“我们觉得他在家。”伊迪丝说。

“帕特森，”另一个女人说，“我们不确定，但是这么想的。”

“还有多远？”伊迪丝说。

我停下来，举起啤酒，一口气喝下半罐。“下一条街就是。”我说，“我和我父母住。这是他们家。”

“我想这也没什么，”伊迪丝说，“不过你都这么大了。”

“太不客气了，伊迪丝。”另一个女人说。

“嗯，我这人生来就是这样，”伊迪丝说，“没什么好说的，他得担待一点。我生来就是这样。”

“她这人生来就是这样的。”另一个女人说。

我喝完啤酒，把空罐扔进了杂草丛。

“还有多远？”伊迪丝说。

“到了。就在这儿。我去试试看，把车钥匙搞到手。”我说。

“嗯，快点。”伊迪丝说。

“我们在外面等着。”另一个女人说。

“快点吧！”伊迪丝说。

我打开门，来到楼下。父亲正穿着睡衣看电视。公寓里面很暖和，我在柱子上靠了一小会儿，用手擦了擦眼睛。

“我去喝了几杯啤酒，”我说，“在看什么？”

“约翰·韦恩[①]，”他说，“很不错。坐下来看。你妈还没回来。”

我母亲在保罗的豪夫堡[②]饭店上小夜班。父亲没工作。他过去在森林里做工，后来受了伤。他得了一笔赔偿，但那笔钱现在差不多全花光了。我老婆离开我时，我向他借两百美元，但他拒绝了。他拒绝我时含着眼泪，说希望我不要因此而恨他。我说没什么，我不会恨他的。

我知道这次他也会说不的。但我还是在沙发的另一端坐下，说：“我碰到两个女的，她们问我能不能开车送她们回家。”

“你对她们说什么了？”他说。

“她们在楼上等着我呢。”我说。

“让她们等着好了，”他说，“会有其他人的。你不用掺和。”他摇摇头。“你没告诉她们我们住在哪儿吧，有没

---

① 约翰·韦恩（John Wayne，1907—1979），专演美国西部片的男演员，其出演的电影都被称作“约翰·韦恩电影”，是西部片的代名词。

② 豪夫堡（Hofbrau），德国啤酒品牌，又译作宫廷啤酒，简称 HB。

有？她们没下楼来吧？”他在沙发里动了动身子，又看起了电视。“话说回来，你妈把钥匙带走了。”他缓缓地点了点头，眼睛并没有离开电视。

“没什么，”我说，“我不需要车。我哪儿也不去。”

我起身向走廊看了看，那儿有张我睡觉用的帆布床。床边有个烟灰缸，一台勒克斯座钟，一张放着几本旧平装小说的桌子。我通常夜里十二点才上床，一直读书读到看不清字了，手里拿着书，不关灯就睡着了。我在一本平装书里读到过一个故事，给我留下了很深的印象，我记得我告诉了我老婆。一个人做了个噩梦，在噩梦里他梦见自己正在做梦，醒来发现有个人站在他卧室的窗外。做梦的人吓得动都动不了，气也喘不过来。站在窗户那儿的人盯着屋内，开始撬纱窗。做梦的人动弹不得。他想喊，但喘不过气来。月亮从云层里钻了出来，做梦的人认出了外面的人。那是他最好的朋友，做梦的人的好朋友，但做噩梦的人却不认识这两人中的任何一个。

和我老婆说这些时，我感到头皮发麻，血往脸上涌。但她并不感兴趣。

“那只不过是别人瞎写出来的，”她说，“家人的背叛，那才是真正的噩梦。”

我能听见她们在外面摇门。我能听见我窗户上方人行道上的脚步声。

“该死的浑蛋！”我听见伊迪丝说。

我进卫生间里待了很长一段时间，然后才上楼，走了出去。天更冷了，我拉上夹克的拉链。我开始往“保罗”那边走。如果能在我妈下班前赶到，我还能吃上一个火鸡三明治。这之后我可以去科尔比的报亭翻翻杂志，然后回公寓上床读书，读够了就睡觉。

那些女人，我离开时已经不在那里了，等我回来时，她们也不会在。

收藏家

我丢了工作。我躺在沙发上听着雨声，随时期盼着来自北方的消息。我不时欠身，透过窗帘看一眼邮递员来了没有。

街上没有人，什么都没有。

我再次躺下还不到五分钟，就听见有人在门廊上走动，来人停顿了一下，敲起门来。我躺着没动。我知道不是邮递员。我听得出他的脚步声。没工作时你得格外留心，通知会来自邮件，也会从门缝底下塞进来。他们有时还会直接上门来找你谈谈，尤其是你没装电话的话。

敲门声又响了起来，更响了，坏兆头。我慢慢坐直身子，想从这儿看看前廊。但是不管站在那里的是谁，他贴着门站着，又一个坏兆头。我知道地板会咯吱咯吱地响，所以没有机会溜进另一个房间，从那里的窗户向外看。

又一声敲门声，我说，谁呀？

我是奥布里·贝尔，一个男人说道，你是斯莱特先生吗？

你想干什么？我在沙发上喊道。

我有东西要给斯莱特太太。她赢了一样东西。斯莱特太太在家吗？

斯莱特太太不住在这里，我说。

唔，那么，你是斯莱特先生吗？那个男人说，斯莱特先生……他打了个喷嚏。

我从沙发上起身。打开锁，把门开了一条缝。是个老头，在雨衣里面显得肥胖臃肿。水沿着雨衣往下淌，滴在他拎着的那个装着什么设备的大箱子上。

他咧嘴笑了笑，放下大箱子。他伸出手来。

奥布里·贝尔，他说。

我不认识你，我说。

斯莱特太太，他说了起来，斯莱特太太填了张卡。他从里面口袋里掏出一叠卡片，翻了一小会儿。斯莱特太太，他念道，南六街东二百五十五号？斯莱特太太中奖了。

他脱下帽子，庄重地点了点头，用帽子抽打着雨衣，好像在说就这样了，都搞定了，旅程已经结束，到达终点了。

他等着。

斯莱特太太不住在这里，我说，她中了什么奖？

我给你看看，他说，我可以进来吗？

我不知道。要是时间不长的话，我说，我很忙。

好的，他说，让我先把这件雨衣脱了。还有这双套鞋。我不想在你的地毯上留下水迹。我看见你确实铺了块地毯，您是斯……

看见地毯后，他的眼睛亮了一下，又暗了下去。他打了个寒战，脱掉雨衣，在外面抖了抖，把领子挂在门把手上。这是个挂衣服的好地方，他说，该死的天气，别提了。他弯下腰来松鞋带。他把箱子放在房间里面。他脱掉套鞋，穿着拖鞋进了房间。

我关上门。见我盯着拖鞋看，他说，奥登[1]第一次去中国时，穿着拖鞋走遍了那里。从来没有把它们脱下来过。有鸡眼。

我耸耸肩。又看了一眼街上有没有邮递员，再次把门

① 威斯坦·休·奥登（Wystan Hugh Auden，1907—1973），二十世纪上半叶最具影响力的美国诗人，出生于英国。

关上。

奥布里·贝尔盯着地毯看。他咬住下唇,然后笑了起来。他一边笑一边摇头。

有什么好笑的?我说。

没什么,天哪,他说。他又笑了起来。我想我是昏了头了。我想我在发烧。他把手放在额头上。他的头发乱成一团,头上戴帽子的地方被压出一圈印子。

我像是在发烧吗?他说,我也不知道,我想我可能是发烧了。他仍然盯着地毯看着。你有阿司匹林吗?

你怎么啦?我说,我希望你别把病传给我。我还有要紧的事要做。

他摇摇头。他在沙发上坐了下来。他用穿着拖鞋的脚踩了踩地毯。

我去了厨房,洗了一只杯子,从瓶子里倒出两片阿司匹林。

这儿,我说,吃完你就该走了。

你能代表斯莱特太太吗?他有点生气了,低声说。算了,算了,算我刚才没说,算我刚才没说。他擦了擦脸,吞下阿司匹林。他的目光扫过空荡荡的房间。然后他费劲地倾身向前，打开箱子的搭扣。箱子嘭的一声打开了，露出装满各种各样东西的隔间，有软管、刷子、发亮的管子和一个装在小轮子上面、看上去很重的蓝色的东西。他盯着这些东西，一副吃惊的样子。他用一种神秘兮兮的语调说：你知道这是什么吗？

我靠近了一点，要我说这就是台吸尘器。我没买东西的打算，我说，就算买，也不会去买一台吸尘器。

我想让你看个东西，他说。他从上衣口袋里掏出一张卡片。看这个，他说。他把卡片递给我。没有人要你买什么。但你看看这个签名，是不是斯莱特太太的签名？

我看着卡片。我把它凑到灯光下面。我把它翻过来，但另一面是空白的。那又怎样？我说。

斯莱特太太的卡片是从一篮子卡片里随机抽出来的。有几百张这样的小卡片。她赢了一次免费吸尘和地毯清洗的服务。斯莱特太太中奖了。没有任何附加条件。我来这里甚至要帮你们吸吸床垫，斯……先生，看到床垫上日积月累的那些东西，你会吓一跳的。生命里的每一天，每一夜，我们身上都会留下一点东西，这儿一点，那儿一点。我们身上的这些碎屑去哪儿了呢？它们穿过床单掉进了床垫，就在那里！还有枕头里。都一样。

他把那些亮晶晶的管子一根根地取出来，把它们接了起来。现在他把长度适当的管子插进软管。他跪在地上，嘴里咕哝着，把一个像吸嘴一样的东西接在软管上，又把带轮子的蓝色的东西提了出来。

他让我查看了一下他打算用的滤网。

你有车吗？他问道。

没车，我说，我没有车。如果有的话我会开车把你送走的。

太不幸了，他说。这个小吸尘器带着条六十英尺长的延长线。如果你有辆车的话，你可以把这个小吸尘器推到你车门跟前，吸一下里面的长毛地毯和豪华仰式座椅。当你发现我们身上会掉下那么多东西，那些高级椅子下面长年累月积攒下来那么多东西，你会大吃一惊的。

贝尔先生，我说，我觉得你最好把东西都收起来，离开这里。我这么说没有任何恶意。

但他正在房间里四处找插座。他在沙发尽头找到了一个。机器里面像是有个玻璃球，发出咔嗒咔嗒的响声，总之，里面有松动的东西，稍后，响声变成了稳定的嗡嗡声。

里尔克[1]成年后，从一个城堡搬到另一个城堡。全靠资助者，他透过吸尘器的嗡嗡声大声说道。他很少坐汽车，情愿去坐火车。再看看和夏特莱侯爵夫人住在西莱堡的伏尔泰[2]。面对死亡，他多么平静。他抬起右手，好像我马上要反驳他似的。不对，不对，说得不对，是不是？别这么说。但又有谁知道呢？说完他转过身去，开始把吸尘器往另一个房间里拖。

房间里有一张床，一个窗户。被子堆在地上。一个枕头，一张床单罩着床垫。他褪下枕套，又迅速地把床单从床垫上扒下来。他盯着床垫看，还用余光瞄了我一眼。我去厨房拿了把椅子，坐在门口看着。他先把吸嘴放在手掌上试了试吸力。他弯腰调了调吸尘器上的一个旋钮。像这样的活儿，得把马力调到最大，他说。他又检查了一下吸力，然后把软管拉到床的顶头，让吸嘴在床垫上移动。吸

---

① 赖内·马利亚·里尔克（Rainer Maria Rilke，1875—1926），奥地利诗人，代表作《杜伊诺哀歌》《马尔特手记》等。

② 伏尔泰（Voltaire，1694—1788），法国启蒙运动思想家，也是文化史家，被尊称为“文化史之父”。晚年为躲避法国政府，曾在夏特莱侯爵夫人的西莱堡居住了十五年。

嘴贴住了床垫，吸尘器发出更大的响声。他把床垫来回吸了三遍，然后关掉了机器。他按下一个手柄，盖子“啪”的一声打开了。他取出滤网。这个滤网只是用来做示范的。正常使用时，所有这些东西都会进到袋子里，这里，他说。他用手指头拈了一撮上面的灰尘，肯定有一茶杯那么多。

他脸上的表情有点古怪。

这不是我的床垫，我说。我在椅子上往前倾了倾身子，努力做出一副感兴趣的样子。

现在轮到枕头了，他说。他把用过的滤网放在窗台上，向窗外看了一会儿。他转过身来。你来抓住枕头的角，他说。

我站起来，抓住枕头的两个角。觉得自己像是在揪住某个东西的耳朵。

就像这样？我说。

他点点头。他去另一个房间又取来一个滤网。

这玩意要多少钱？我说。

几乎不值钱，他说。它们是用纸和一小点塑料做的。很便宜。

他用脚打开吸尘器开关，我紧紧抓住枕头，吸嘴陷进枕头里，从枕头的一端移到另一端——一遍，两遍，三遍。

他关掉吸尘器，取出滤网，一声不响地拿着它。他把它放在窗台上另一个滤网旁边。然后，他打开壁橱的门。他向里看了看，但里面只有一盒灭鼠灵。

我听见门廊上的脚步声，门上投信口开了一下，又咔嗒一声关上了。我们互相看了一眼。

他拖着吸尘器进了另一个房间，我跟在他的后面。我们看了一眼靠近前门的地毯上那封朝下的信。

我朝那封信走去，转身说道：还有什么？不早了。这块地毯不值得弄。它只是一块十二乘十五、加了防滑背衬的棉线地毯，从地毯城买来的。根本就不值得去弄它。

你这儿有装满的烟灰缸吗？他说，或者盆栽植物之类的？一把土也行。

我找到烟灰缸。他接过去，把里面的东西倒在地毯上。用穿着拖鞋的脚把烟灰和烟头踩碎。他又跪下来，放进一个新的滤网。他脱掉外套，把它扔到沙发上。他腋下在出汗。肚子上的肥肉耷拉到皮带上。他拧下吸嘴，在软管上装上另一个装置。他调了一下旋钮，用脚打开机器的开关，开始来回走动，在这块破地毯上来回地走动。我有两次向那封信走去，但他简直像是知道我要去干什么似的，总用那些软管和金属管子挡住我的去路，他扫过来，扫过去……

我把椅子搬回厨房，坐在那里看着他工作。过了一会儿，他关掉机器，打开盖子，一声不响地把滤网递给我，上面全是灰尘、毛发和颗粒状的东西。我看了一眼滤网，起身把它丢进了垃圾箱。

现在他有条不紊地工作着。不再解释什么。他拿着一个装着一点绿色液体的瓶子去了厨房。他把瓶子放在水龙头下面，灌满水。

你要知道我可什么都付不起，我说，即使是个没它就活不下去的东西，我也拿不出一分钱。你只能为我白干了，到此为止吧。你在我身上花工夫实在是浪费时间，我说。

我想把话说清楚，免得误会了。

他继续忙他的。他在软管上安了另外一个附件，用一种复杂的方法把瓶子挂在这个新附件上。他在地毯上慢慢地走着，让刷子在地毯上前后移动，不时释放出一点青绿色的蒸汽，形成了一摊一摊的泡沫。

该说的我都说了。我坐在厨房的椅子上，放松下来，看着他工作。我偶尔看看窗外的雨。天开始变黑。他关掉吸尘器，站在靠前门的一个角落里。

要喝咖啡吗？我说。

他在粗声喘气。他擦了把脸。

我烧上水。水烧开后，我冲了两杯咖啡。他已经把所有东西都拆开装了箱，捡起了那封信。他读着信上的名字，仔细查看着寄信人的地址。他把信对折起来，放进了屁股后面的口袋里。我一直注视着他，什么都没干。咖啡凉了。

这是斯莱特先生的信，他说，我来处理它。咖啡我就不喝了。我还是别从地毯上走过去了。我刚洗过。

那倒是，我说。然后我说：你确定那封信是给谁的？

他伸手去拿沙发上的外套，穿上它，打开前门。还在下雨。他脚伸进套鞋里，系好鞋带，然后穿上雨衣朝里面看了看。

你要看一眼吗？他说，你不相信我？

只是觉得有点奇怪，我说。

好了，我该走了，他说。但他仍然站在那儿。你到底要不要这台吸尘器？

我看了看这个大箱子，它已经合上，准备上路了。

不要，我说，算了吧。我很快就要走了。它只会碍事的。

好吧，他说。他带上了门。

你在旧金山干了什么?

这件事跟我没有一点关系，它和一对年轻夫妇以及他们的三个孩子有关，去年初夏他们搬进了我投递线上的一栋房子。我拿起上星期日的报纸，看到一个因用棒球棍杀死妻子和妻子的男友而在旧金山被捕的年轻人的照片，这才又想到了他们。当然，不是同一个人，虽然他们的胡子让他们俩看上去很像。不过，情况非常相似，让我想起了很多。

我叫亨利·罗宾逊，是一名邮递员，联邦政府的公务员，一九四七年起就在干这份工作了。除了战时在军队里待过的三年外，我这辈子都住在西部。我离婚已经二十年了，有两个孩子，也差不多二十年没见了。我不是个玩世不恭的人，依我看，也不是个严肃的人。我相信，现在的男人这两种特质都得具备一点。我还相信工作的价值——越辛苦越好。不工作的人有太多的时间，太多的时间来沉溺于自己和自己的烦恼。

我确信，住在这里的年轻人的麻烦部分缘于他不去工作。不过我认为她也有责任，那个女人，是她纵容了他。

垮掉的一代，我猜你们见了他们准会这样说。那男的下巴上长着向外支棱的褐色胡须，他看上去像是急需坐下来好好吃一顿正餐，再抽上一根雪茄。那女的挺迷人，一头长长的黑发，容貌姣好，这是大实话。不过记住我说的，她可不是个贤妻良母。她是个画家。那个年轻人，我不知道他是干什么的——可能也干这一行吧。他们两个人都不工作，但他们付得起房租，能过得下去——至少在那个夏天是这样的。

我第一次见到他们，是在一个星期六的上午，大约十一点到十一点一刻之间。我已经跑完我那条线路的三分之二，转到他们那个路段时，发现一辆一九五六年的福特轿车停在院子里，后面是一辆敞着门的大“邮货”[1]拖车。松树街上只有三家住户，他们是最后一家，此外还有默奇

①U-Haul 是一家美国租车公司，专门出租搬家用的厢型卡车和拖车，此处音译成“邮货”。

森一家——他们来阿卡塔快一年了，格兰特一家——他们在这儿住了大概两年了。默奇森在辛普森·瑞德伍德公司工作，吉恩·格兰特是邓尼餐馆的早班厨师。这两栋房子，往前一点是块空地，最里头就是曾属于科尔一家的那栋房子。

那个年轻人已经从车里出来，站在拖车后面。女人正从车子的前门走出来，嘴上叼着烟，穿一条紧身白色牛仔裤和一件男式白汗衫。她看见我就停住了，站在那儿，看着我从便道上走过来。我走到他们的信箱跟前时放慢了脚步，朝她点了点头。

"都收拾妥当了？"我问。

"得花点时间。"她说，一边抽烟一边把额前的一缕头发撩开。

"很好，"我说，"欢迎你们来到阿卡塔。"

说完这话，我感到有些窘迫。不知道为什么，在和这个女人仅有的几次相遇里，我自己每次都很窘迫。这也是我从一开始就对她有点反感的原因之一。

她冲我淡淡一笑，我正要离开时，那个年轻人——他叫马斯顿——手里抱着一个装玩具的大纸箱，从拖车后面走了过来。现在，阿卡塔已经不是个小镇了，但也不是什么大城市，尽管我想你可能得说它更接近于小镇。但不管怎么说，阿卡塔不是世界的尽头，住在这儿的大多数人不是在锯木场干活，就是和渔业打交道，要不然就是在市区的某家商店工作。这儿的人看不惯留胡子的男人，或者说——不上班的男人。

“你好。”我说。他把纸箱放在前挡泥板上，我伸出了手。“我叫亨利·罗宾逊。你们刚搬到这里吗？”

“昨天下午。”他说。

“这趟跑的！从旧金山到这儿就花了十四个小时。”那女人在门廊处说道，“拉着那辆该死的拖车。”

“够呛，真够呛。”我边说边摇头，“旧金山？我刚去了趟旧金山。让我想想，是去年四月还是三月的事。”

“是吗？”她说，“你在旧金山干了什么？”

“噢，没干什么，真的。每年我都要去一两趟。到渔夫码头转转，或者去看巨人队打球。就这些。”

出现了片刻的停顿。马斯顿用脚尖在草地里摸索着什么。我准备离开了。就在这时，孩子们从前门飞跑出来，吵吵嚷嚷地奔到走廊尽头。当那扇屏风门哐的一声打开时，我觉得马斯顿吓了一大跳，而她只是抱着胳膊站在那儿，异常冷静，眼睛都没眨一下。他看上去很糟糕。每次准备做点什么时，他总先快速地痉挛一下。他的眼睛一会儿看着你，一会儿滑向一边，一会儿又看着你。

一共有三个孩子，两个四五岁左右的卷头发小姑娘，后面跟着个小一点的男孩。

“孩子真讨人喜欢，”我说，“好吧，我得接着干活去了。你们也许该把这信箱上的名字换掉了。”

“当然，”他说，“当然。明后天我就换过来。不过近期我们也不会有什么信件。”

“别这么说，”我说，“你不知道这只老邮袋里会钻出什么来。有备无患嘛。”我转身要走，“对了，如果你想到木工厂找活儿干，我可以告诉你到辛普森·瑞德伍德公司找谁。我的一个朋友是那儿的领班。他可能有……”发现他们不太感兴趣，我慢慢收住了话头。

“不必了，谢谢。”他说。

“他没在找工作。”她插话道。

“那好吧。再见。”

“再见。”马斯顿说。

她没再说什么。

我说过，那天是星期六，阵亡烈士纪念日的前一天。接下来的星期一是节假日，直到星期二我才又去了那儿。看见那辆拖车还停在前院，我倒是不怎么吃惊。不过，车还没卸完却让我吃了一惊。我得说有四分之一的东西已经搬到前廊上了——一张堆满东西的椅子，一张镀铬的餐椅以及一个装着衣服的大纸箱，纸箱上面的盖子已经被撕掉。另有四分之一的东西肯定已经搬进屋内了，其余的都还在拖车里。孩子们正拿着小木棍，敲打拖车的侧面，还从拖车后门那儿爬上爬下。他们的妈妈爸爸却连影子也见不着。

星期四我又在院子里看见他，提醒他别忘了换信箱的名字。

“我是得把这事做了。”他说。

“要花点时间，”我说，“搬到一个新地方，总有许多事要操心。原来住在这儿的人，科尔一家，你们来的前两天才搬走。他去了尤里卡工作。在捕鱼和狩猎部门。”

马斯顿摸摸胡子，眼睛看着别处，像在想着别的什么事。

“那就回头见。”我说。

“再见。”他说。

总之，他还是没换信箱上的名字。不久我又来了一趟，带来一封写着他们地址的信，他会这样说：“马斯顿？是的，是我们的，马斯顿……这几天我就把信箱上的名字换掉。我得找一桶油漆，把那个名字……科尔，给涂掉。”其间他一直东张西望。他用余光瞥我一眼，下巴颤抖了两下。但他根本就没有更换信箱上的名字。过了一阵，我也就耸耸肩，把这件事给忘了。

有一些传言。我不止一次听说他是个被假释的囚犯，到阿卡塔来是为了摆脱旧金山不健康的环境。根据这个传言，那个女人是他的妻子，但那几个孩子却没一个是他的。另一个传言说他犯了罪，在这儿躲着。不过没多少人相信这个故事。他看上去实在不像那种会犯什么重罪的人。大多数人都相信的，至少传播最广的，是最可怕的那个故事。那个故事说，那个女人有毒瘾，她丈夫把她带到这儿来，是要帮她戒掉恶习。作为佐证，大家总是提到迎新小组[1]

[1] 英文原文为“Welcome Wagon”。美国的一些居住区有这样的组织或个人，当新住户搬来时，他们会带着自己烤的点心上门问候，提供一些周边信息。

的萨莉·威尔逊的那一次造访。一天下午，她顺道拜访了他们。后来她说，绝不是瞎说，他们确实有些古怪——尤其是那个女人。她刚刚还坐在那儿听萨莉说个不停，似乎全神贯注，可不久就站起身，不顾萨莉还在说话，开始画上她的画了，好像萨莉根本不在那儿一样。同样，她刚刚还在抚摩亲吻孩子，突然就对他们无缘无故地大喊大叫。嗯，如果你离她近一点，从她的眼神里就能看出来，萨莉说。不过，萨莉·威尔逊这些年来在迎新小组招牌的掩护下，打探了不少他人的闲事和秘密。

“你不了解情况，”要是有人提起这事我就会说，“如果他现在就去工作的话，谁还能说什么？”

依我看这些传言都差不多，他们在旧金山惹了点麻烦，不管是什么样的麻烦，他们想从那些麻烦中解脱出来。不过他们为什么挑上阿卡塔来安家，这就很难说了，因为他们肯定不是为了找工作才来这儿的。

最初的几个星期，谈不上有什么邮件，只有几张广告，希尔斯和西部汽车修理这一类的。后来开始有些信，大概每周一两封的样子。我路过时，有时能看见他们中的一个在屋外散步，有时就见不着。不过孩子们倒是总在那儿，屋里屋外地跑进跑出，或者在旁边的那块空地上玩耍。当然，他们本来就算不上模范家庭，可他们在那儿住了一段时间后，野草开始疯长，草坪上的草却又枯又黄。谁也不愿意见到这样的事。我知道杰西老头来过一两次，让他们浇水，他们却说买不到水管。于是他给他们留了一根。后来我发现孩子们拿着那根水管在草地上玩，这事就这样不了了之了。有两次我看见一辆白色的小跑车停在屋前，不是本地的车子。

我和那个女人只打过一次直接的交道。有一封信欠了五美分邮费，我带着它去敲门。两个女孩中的一个让我进了门，然后跑去找她妈妈。屋里堆满了零零散散的旧家具，衣服也扔得到处都是，不过还算不上很脏。只能说是不够整齐，但不算脏。起居室里，一张旧沙发和一把扶手椅沿一面墙摆着。窗户下有一个用砖和木板搭成的书柜，里面塞满了平装书。墙角堆着许多画，都反扣着，另一侧有一幅画还搁在画架上，上面盖着一块布。

我移了移肩上的邮包，在原地站着，不过我开始后悔自己没把钱给付了。我一边等着，一边看着那个画架，正想侧身过去掀开盖布看看，就听见了脚步声。

“有事吗？”她说，人出现在门厅里，一点儿也不友好。

我碰了碰帽檐，说道：“不好意思，这儿有封欠费的信。”

“让我看看。谁寄来的？噢，是杰！这个傻瓜。给我们寄了封没贴邮票的信。李！”她叫道，“杰瑞来信了！”马斯顿走进来，不过他看上去不是很高兴。我轮流用两条腿站着，等着。

“我来付钱，”她说，“既然是老杰瑞来的信。给。再见。”

这就是他们待人接物的方式——可以说根本就没有什么方式。我不能说这儿的人已经习惯了他们——他们不是那种你真的能适应的人。然而过了一阵子，人们似乎也就不再在意他们了。要是在塞夫韦超市碰上那个男的推着购货车，你可能会瞧一眼他的胡子，仅此而已。再也没有别的故事了。

有一天他们消失了。向着两个不同的方向。后来我发现她一周前就和一个人——一个男人——先离开了，过了几天，他带着孩子们去了瑞汀，他母亲家。从星期四到下个星期三的六天里，他们的邮件就待在信箱里。窗帘全拉着，没人确切知道他们是否永远离开了此地。但那个星期三，我又看见那辆福特车停在院子里了，窗帘仍然拉着，可邮件已经被取走了。

从第二天起，他每天都待在信箱边上等着我把信递给他，要不他就坐在前廊上抽烟，很显然，他在等。他一看见我来就站起身，掸掸裤子朝信箱这边走来。如果那天我正好有他的邮件，我还没把信递给他，他就开始扫视寄信人的地址。我们很少交谈，如果目光恰巧相遇，也只是彼此点点头，可连这种机会也不多。他很痛苦——这谁都看得出来——如果可以的话，我真想帮帮这孩子，但我实在不知道该说点什么。

大约是他回来一周后的一个早晨，我看见他双手插在后兜里，在信箱前走来走去，我下决心跟他说点什么。说什么，我还没想好，但我肯定会说点什么。我走上便道时他正背对着我。我走近他时，他猛地转过身来，脸上的表情把我要说的话堵住了。我拿着他的邮件立在那儿。他朝我跑了两步，我看也没看就把它递了过去。他盯着它看着，非常吃惊的样子。

“住户。”他说。

那是洛杉矶寄来的一份医疗保险计划的广告单，那天上午我至少送出了七十五张。他把它对叠起来，走回屋去。

第二天，他和往常一样在外面等着。脸上是他惯有的表情，好像比前一天克制多了。这次我有一种预感，我带来了他正期盼的东西。那天早晨在邮站装邮袋的时候，我看过那封信。那是个普通的白信封，地址是一个女人手写的花体字，占去了大半个封皮。邮戳是波特兰的，寄信人地址上有姓名的缩写 J. D. 和波特兰街区的地址。

“早上好。”我说着，把信递过去。

他一言不发地从我手上接过信，脸唰的一下就白了。他摇晃了一下，然后朝屋里走去，在光下举着那封信。

我大叫道：“孩子，她不是好人。我一见到她就看出来了。你为什么不忘掉她？你为什么不去工作好忘掉她？你为什么就这么不喜欢工作？当年我像你这样时，是工作，没日没夜的工作，让我忘掉一切的，那会儿正打仗，我在……”

打那以后，他不再在外面等我了，他在那儿也只多待了五天。每天，我都能看见他仍在等我，只不过是站在窗后，透过窗帘看着我。我走后他才会出来，我能听见屏风门的响声。如果我回头看，他就摆出不紧不慢的样子，朝信箱走去。

我最后一次见到他时，他正站在窗边，神情平静、安然。窗帘都放了下来，百叶窗收了起来，我看出他在收拾东西准备离开。不过，他的表情告诉我，这次他没在等我。他的目光越过了我，甚至越过了南边的房顶和树木。当我来到房子跟前，沿便道走过时，他仍然目不转睛地凝视着前方。我回头望了望。我能看见他仍待在窗边。那种感觉是那么强烈，我不得不转过身去，顺着他目光的方向望过去。不过，正像你可能猜到的，除了还是老样子的森林、山峦和天空外，我什么也没看见。

第二天他走了，没留下任何转投的地址。时而还会有些邮件，是给他、他妻子或者他们俩的。如果是甲级邮件，我们就保留一天，然后退还给寄信人。不是特别多，我也不在意。不管怎么说，这都是工作，我总是庆幸自己还有份事做。

学生的妻子

他在给她念里尔克的诗，一个他崇拜的诗人，她却枕着他的枕头睡着了。他喜欢大声朗诵，念得非常好——声音饱满自信，时而低沉忧郁，时而高昂激越。除了伸手去床头柜上取烟时停顿一下外，他的眼睛一刻也没离开过诗集。这个浑厚的声音把她送进了梦乡，那里有从城墙环绕的城市驶出的大篷车和穿袍子的蓄须男子。她听了几分钟，就闭上眼睛睡着了。

他接着大声往下念。孩子们已经睡着很久了，外面，不时有车子在潮湿的路面上擦出些声音。过了一会儿，他放下书，转身伸手去关灯。突然，她像被吓着似的睁开了眼睛，眨了两三下。她发愣的明亮眼珠上眨动的眼睑，看上去出奇黯淡而饱满。他注视着她。

“在做梦？”他问。

她点点头，抬起手摸了摸两鬓的塑料发卷。明天是星期五，伍德隆公寓所有四到七岁的孩子都归她照看。他用手臂支撑着身体看她，同时用闲着的那只手把床单拉直。她脸上皮肤光滑，颧骨突出；她有时非要对她的朋友说，这颧骨是从她父亲那儿继承来的，他有四分之一的内兹佩尔塞人[①]血统。

她随后说："给我随便弄点三明治，迈克。在面包上放点黄油、生菜和盐。"

他没做什么，也没说什么，因为他想睡觉。但当他睁开眼睛时，她还醒着，正注视着他。

"南，你睡不着吗？"他严肃地说，"很晚了。"

"我想先吃点东西，"她说，"不知怎么搞的，我的腿和胳膊都疼，肚子也饿。"

他重重地叹了口气，翻身下了床。

他给她做了三明治，用托盘端了过来。她从床上坐起来，对他笑了笑，接过托盘时往背后塞了个枕头。他觉得她穿着这身白色睡衣，看上去像是医院里的病人。

"真是个有趣的梦。"

"梦见什么了？"他说，上床朝他那边转过身去，背

---

① 北美印第安人的一个部落。

对着她。他瞪着床头柜，等了一会儿。慢慢闭上眼睛。

“真想听吗？”她说。

“当然了。”他说。

她舒服地靠在枕头上，抹掉嘴唇上粘着的一粒面包屑。

“嗯，好像是一个冗长的梦，你知道的，那种里面有各种复杂关系的梦，但我现在记不全了。刚醒来时还记得很清楚，现在有点模糊了。迈克，我睡了有多久？其实，我想也没什么大不了的。总之，好像是我们在某个地方过夜。我不知道孩子们都在哪儿，但只有我们俩，待在某个类似小旅馆的地方。在一个陌生的湖边。那儿还有一对年长的夫妇，他们提议用摩托艇带我们出去兜一圈。”她笑了起来，回忆着，身体离开枕头向前倾。“接下来我只记得我们在上船的地方。结果船上只有一排座位，在前排，有点像条凳，只够坐三个人。你和我为了谁该牺牲自己挤在船后面争吵起来。你说该是你，我说该是我。但最终还是我挤进了船的后面。那地方真窄，我腿都挤疼了，我还担心水会从船边上漫进来。后来我就醒了。”

“真是个不一般的梦。”他应付了一句，昏昏欲睡地觉得自己该再说点什么。“你还记得邦妮·特拉维斯吗？弗雷德·特拉维斯的老婆？她说她常做彩色的梦。”

她看了一眼手中的三明治，咬了一口。她咽下去，用舌头舔了舔嘴唇里面，伸手拍打身后的枕头时，她用腿平衡着托盘。她舒服地向后靠在枕头上。

“你还记得那次我们在提尔顿河过夜吗，迈克？就是第二天早上你钓到一条大鱼的那次？”她把手搭在他的肩上。“还记得吗？”她说。

她记得。过去几年里她很少想到它，最近却经常想起来。那是婚后一两个月，他们出去度周末。坐在一小堆篝火旁，冰凉彻骨的河水里泡着一个西瓜，晚饭有她做的炸午餐肉、鸡蛋和罐装豆子，第二天早晨，还是用那只烧黑了的平底锅做了烤薄饼、午餐肉和鸡蛋。两次做饭她都把锅烧煳了，咖啡怎么也煮不开，但这是他们度过的最美好的时光中的一段。她记得那晚他也给她朗诵了伊丽莎白·勃朗宁和《鲁拜集》里的几首诗。他们盖了那么多的被子，她的脚在被子下面动都动不了。第二天早晨他钓到一条巨大的鳟鱼，河对面路上的人停下车，看他怎样把鱼弄上岸。

“哎？你到底记不记得了？”她说，拍着他的肩膀，“迈克？”

“记得。”他说。他往他那边稍微移了移，睁开眼。他已经记不太清楚了。记住的只是仔细梳理过的头发和那些对人生和艺术的高谈阔论，他其实很想忘掉这些。

“那是很久很久以前的事了，南。”他说。

“我们刚上完高中，你还没去上大学。”她说。

他等着，然后用胳膊把自己撑起来，转过头，目光越过肩膀看着她。“三明治吃完了吗，南？”她仍然在床上坐着。

她点点头，把托盘递给他。

“我关灯了。”他说。

“要是你想的话。”她说。

他再次栽倒在床上，双脚向两边伸展，直到碰到了她的脚。他一动不动地躺了一会儿，试着放松下来。

“迈克，你还没睡着，是吧？”

“没有，”他说，“没睡着。”

“那就好，别在我前面睡着，”她说，“我不想一个人醒着。”

他没有回答，只是向她那儿稍稍靠近了一点。她把手臂搭在他的身上，手掌平放在他胸口上，他抓住她的手指，轻轻地捏了捏。只一会儿的工夫他的手就落到了床上，他叹了口气。

"迈克？亲爱的？我希望你能揉揉我的腿。我的腿好疼。"她说。

"天哪，"他轻声说道，"刚才我都睡着了。"

"嗯，我希望你能揉揉我的腿，再和我说会儿话，我的肩膀也疼。但腿特别疼。"

他转过身来，开始揉她的腿，然后又睡着了，手还放在她的臀部。

"迈克？"

"怎么了？南，告诉我怎么了。"

"我想要你帮我把全身都按摩一下，"她说，转身把脸朝上，"今晚我的手臂和腿都疼。"她屈起膝盖，把被子拱起一个包。

黑暗中他快速地睁开眼，又闭上。"哈，生长痛？"

"哦，天哪，正是这样。"她说，扭动着她的脚指头，很高兴自己终于把他从睡意中拉了回来。"我十岁十一岁时就长到现在这个样子了。你真该看看当时的我！那时我长得那么快，腿和胳膊一天到晚都在疼。你没这样过？"

"没什么样过？"

“你有没有感到过自己在生长？”

“不记得了。”他说。

他最终用胳膊支撑起自己，划了根火柴，看了看钟。他把枕头凉的那一面翻上来，又躺了下来。

她说：“你困了，迈克。我希望你愿意聊上一会儿。”

“好吧。”他说，没有动。

“你只要抱着我，让我睡着。我睡不着。”她说。

她转向她那一侧，面对着墙，他转过身来用胳膊搂住她的肩膀。

“迈克？”

他用脚指头碰了碰她的脚。

“跟我讲讲所有你喜欢的和不喜欢的东西。”

“现在想不起来。”他说，“愿意的话你可以告诉我你的。”

“如果你保证也告诉我。行吗？”

他又碰了碰她的脚。

“好吧……”她说，仰面躺着，很惬意，“我喜欢好的食物，像牛排和脆炸薯泥那样的东西。我喜欢好看的书和杂志，还有乘火车的那些夜晚和飞机上的那些时光。”她停住了。“当然，没有按照喜欢程度排序。如果要按顺序排的话我得想一想。但我喜欢坐飞机。离开地面的一刹那，你会有一切都无所谓的感觉。”她把腿搁在他的脚踝上，“我喜欢晚上睡晚点，第二天早上赖在床上不起来。我希望我们能经常那样，而不是偶尔一次。我还喜欢做爱，喜欢在不经意时被爱抚。我喜欢看电影，过后和朋友一起喝喝啤酒。我喜欢交朋友。我非常喜欢简妮斯·亨德里克斯。我希望每周至少去跳一次舞。我希望总有漂亮的衣服穿，希望在孩子们需要时，不用等就可以给他们买衣服。劳里现在就需要一套过复活节的衣服。我也想给加里买一套小西服或类似的衣服。他长大了。我希望你也有一套新西服。其实你比他更需要一套新西服。我希望我们有自己的住房，不再每年或每隔一年就搬一次家。这是最大的心愿了。”她说，“我希望我们俩能过一种诚实的生活，不用去担心钱和账单之类的东西。你睡着了。”

“没有。”他说。

“我再也想不起什么了。该你了。告诉我你喜欢什么。”

“我不知道，好多东西。”他咕哝了一声。

“嗯，告诉我嘛。我们不就是说说而已吗？”

“我希望你别烦我了，南。”他又转到他那一侧，手臂伸出床沿。她也转过身来，紧贴着他。

“迈克。”

“天哪。”他说。接着他又说：“好吧。先让我伸伸腿，我好醒过来。”

过了一会儿，她说：“迈克？你睡着了？”她轻轻地摇了摇他的肩膀，但他没有回应。她靠着他的身体躺了好一会儿，试图入眠。起先她很安静地躺着，一动不动地靠着他，小口地、均匀地呼吸。但她睡不着。

她努力不去听他的呼吸声，但这让她觉得不舒服，他呼吸时鼻子里发出一种声音。她试图调节自己的呼吸，让呼气和吸气合上他呼吸的节奏。但是没用。他鼻子发出的这种细小的声音让所有的努力都白费了。他的胸膛也发出一种吱吱声。她又翻了个身，用屁股抵着他的屁股，把手臂一直伸到床的外面，手指尖小心翼翼地抵住冰冷的墙。床脚处的被子被拉了起来，她移动腿时能感觉到一股气流。她听见两个人走过来，在上隔壁公寓的楼梯。有人在开门前发出一声嘶哑的笑声。然后，她听见椅子拖过地板的声音。她又翻了个身。隔壁有人冲抽水马桶，然后，又冲了一次。她又翻了个身，这次脸朝上，尝试放松下来。她想起了在一本杂志上读到过的文章：如果身体里所有的骨头、肌肉和关节都能完全放松的话，睡眠一定会降临的。她长长地呼了口气，闭上眼睛，一动不动地躺着，手臂伸直放在身体的两侧。她尽量放松自己，试图想象自己的腿悬在空中，沐浴在某种薄雾般的东西里。她翻身朝下躺着。她闭上眼睛，又睁开。她想着床单上自己蜷曲的手指，置于唇边。她伸出一根手指放在床单上。她用拇指摸了摸食指上的结婚戒指。她翻到自己的侧面，又翻到正面。她开始感到恐惧，在一种莫名的焦虑中，祈祷入眠。

求你了，老天，让我睡着吧。

她努力入睡。

“迈克。”她小声说道。

没有回应。

她听见隔壁房间里一个孩子翻身时碰到了墙。她听了又听，但再没有其他声音了。她把手放在左胸，感到心跳传到她的手指上。她趴在床上，头离开枕头，嘴贴在床单上，哭了起来。她哭了一会儿，然后爬到床脚处，从那儿下了床。

她在卫生间洗了脸和手。她刷牙，一边刷一边从镜子里端详自己的脸。她把客厅的暖气调热了点。然后，她在厨房桌旁坐了下来，把脚收进睡衣里面。她又哭了起来。她从桌上的烟盒里拿了一支烟点着。过了一会儿，她回到卧室去拿她的浴袍。

她去看了看孩子。把儿子的被子往上拉了拉，盖住他的肩膀。她回到客厅里，坐在那把大椅子上。她随手翻着一本杂志，试着往下读。她盯着上面的照片，又试着往下读。不时有车子从外面的街上开过，她会抬起头。每当车子开过时，她都要听着，等着，然后再低头读杂志。椅子边的架子上有一沓杂志。她把它们都翻了一遍。

曙光初现时她站了起来。她来到窗前。小山岗上无云的天空开始变白。树木和街对面那排两层高的公寓楼在她的注视下显露出形状。天空变得更白了，山岗后面的光线急剧增多。除了因为这个或那个孩子而早起外（她觉得这些不算，因为她从来没往外看，不是匆忙地回到床上，就是去了厨房），她一生中没见过几次日出，而那几次还是在她小的时候。她确信没有一次像这次一样。她从未在读过的书和看过的画里了解到日出会如此可怕。

她等了一会儿，走到门前，打开门锁来到阳台上。她掖紧浴袍的领口。空气又湿又冷。周围的景象渐渐显露出来。她一点点地看过去，最后把目光停留在对面山顶电台发射塔尖闪烁的红灯上。

她穿过幽暗的寓所回到卧室。他在床中央躺着，被子缠在肩膀处，头的一半压在枕头下面。沉睡中的他显得绝望，牙关紧咬，胳膊直挺挺地伸到她这一侧。在她的注视下，房间变得非常明亮，眼前的床单越来越白。

她湿了湿嘴唇，嘴唇黏黏的，发出了一点声音。她跪了下来，伸出手摊在床上。

“上帝啊，”她说，“上帝，你会帮助我们吗，上帝？”

把你的脚放进我鞋子里试试

电话铃响起的时候，他正在吸尘。整间公寓都吸得差不多了，他正在客厅里忙着，用吸管清理沙发坐垫间的猫毛。他停下来，听了听，然后关掉吸尘器，接起电话。

“喂，”他说，“我是马尔斯。”

“马尔斯，”她说，“你还好吗？在忙什么呢？”

“没忙什么，”他说，“嗨，保拉。”

“今天下午办公室有个聚会，”她说，“你被邀请了，迪克邀请了你。”

“我来不了。”马尔斯说。

“迪克刚对我说了，给你家老头子打电话，叫他过来喝一杯，把他从他的象牙塔里拖出来，拖到现实世界里待一会儿。迪克喝了酒后很风趣。马尔斯？”

“我在听。”马尔斯说。

马尔斯原来是迪克的下属。迪克总说他要去巴黎写一部小说，当马尔斯辞职去写小说时，迪克说他会在畅销书排行榜上留意马尔斯的名字。

“我现在来不了。”马尔斯说。

“我们今天上午听到一个可怕的消息，”保拉像是没听见他说的一样，“你还记得拉里·古迪纳斯吗？你来工作时他还在。他在科学书籍处帮过一阵忙，后来被派出去工作，再后来就被解雇了。今天上午听说他自杀了，他朝自己嘴里开了一枪，你想象得出来吗？马尔斯？”

“知道了。”马尔斯说。他试图回想古迪纳斯的样子，想起一个高个儿、有点驼背的男人，他戴一副金丝眼镜，有着颜色鲜艳的领带和后退的发际线。他能想象出那致命的一震，头猛地向后一甩。“天哪，”马尔斯说，“唉，听了真让人难过。”

“宝贝，来办公室坐坐吧，可以吗？”保拉说，“大家只是随便聊聊，喝点酒，听听圣诞音乐。过来吧。”她说。

马尔斯能听见电话那一头的嘈杂声。“我不想去，”他说，“保拉？”他看着窗外飘过几片雪花。在等待回应时，他用手指刮了刮玻璃，并开始在上面写自己的名字。

“什么？知道啦。”她说。“好吧，”保拉说，“既然这样，那我们在奥也莱斯碰个面，一起喝一杯？马尔斯？”

“好吧，”他说，“奥也莱斯，就这样吧。”

“你不来大家都会失望的，”她说，“特别是迪克，迪克对你很钦佩，你是知道的，他真的是这样，他对我说过。他很佩服你的魄力，他说他要是有你这样的魄力，早就辞职不干了。迪克说像你这样做，没有勇气肯定是不行的。马尔斯？”

“我在听，”马尔斯说，“我觉得我能把车子发动起来。不行的话，我给你打电话。”

“就这样，”她说，“奥也莱斯见。如果五分钟里你不来电话，我就从这儿出发。”

“替我向迪克问好。”马尔斯说。

“我会的，”保拉说，“他正说着你呢。”

马尔斯把吸尘器放到一边。他下了两层台阶，走到他停在最末一个车位、覆盖着积雪的车旁。他钻进车里，踩了好几脚油门，试着发动。车子发动起来了。他踩住油门。

路上，他看着人行道上提着购物袋来去匆匆的行人，望了一眼飘着雪花的灰色天空，和墙缝与窗台上都积着雪的高楼。他试图把一切尽收眼底，以备后用。他正在小说写作的间歇阶段，有点鄙视自己。他找到奥也莱斯，街角处紧靠一家男装店的小酒吧。他在后面停了车，走了进去。他在吧台前坐了一会儿，然后端着杯酒，来到靠门的一张小桌旁。

保拉进门时说了声："圣诞快乐。"他站起来吻了她一下。他帮她把椅子拉开。

他说："威士忌？"

"威士忌。"她说。"威士忌加冰。"她对过来开单子的女孩说。

保拉端起他的酒杯，把酒一口干了。

"我也再来一杯。"马尔斯对女孩说。"我不喜欢这个地方。"女孩离开后，他说。

"这地方哪儿不好？"保拉说，"我们总来这儿呀。"

"我就是不太喜欢，"他说，"我们喝完这杯就去别的地方。"

"随你的便。"她说。

女招待端来了酒，马尔斯付了账，他和保拉碰了一下杯。

马尔斯看着她。

“迪克向你问好。”她说。

马尔斯点点头。

保拉呷着她的酒，“今天过得怎样？”

马尔斯耸了耸肩。

“都干了些什么？”她说。

“没干什么，”他说，“我用吸尘器打扫了。”

她碰了一下他的手。“所有人都让我替他们向你问好。”

他们把酒喝完。

“我有个主意，”她说，“我们干吗不去摩根家拜访一下？我们从来没见过他们，看在老天的分上，他们已经回来好几个月了。我们可以顺道去一下，说我们是马尔斯夫妇，向他们问个好。再说，他们给我们寄了张卡片，让我们在节日期间过去坐坐。他们邀请了我们。我不想回家。”她终于把话说完了，伸手去包里找烟。

马尔斯在想他出门前有没有设置好火炉，把所有的灯关掉。然后，他想起了窗前飘过的雪花。

“他们上次寄来的那封侮辱我们的信，提到他们听说了我们在屋里养猫，这事怎么讲？”他说。

“他们现在肯定已经忘掉了，”她说，“又不是什么大不了的事情。哦，我们去吧，马尔斯！我们顺路去一下嘛。”

“如果要去，我们应该先打个电话。”他说。

“不用打，”她说，“这样做本身就很有意思。我们不打电话，直接去敲门问好，我们以前在那儿住过嘛。好不好？马尔斯？”

“我觉得我们还是应该先打个电话。”他说。

“正过节呢，”她从椅子上站起身来，“走吧，宝贝。”

她拉住他的胳膊，出门走进雪里。她建议开她的车去，过后再来取他的车。他为她打开车门，再绕到副驾驶那一边。

当看到被灯光照亮的窗户、屋顶上的积雪和车道上停着的旅行轿车时，他愣住了。窗帘开着，圣诞树上的小灯泡透过窗户冲他们眨眼。

他们从车里钻出来。他搀扶着她，跨过一堆积雪，向房子的前廊走去。刚走了没几步，就看见一只毛茸茸的大狗从车库拐角处冲出，径直朝马尔斯奔来。

“哦，天哪。”他说着弯下腰往后退，不由得举起了双手。他在走道上滑了一下，外套掀了起来，他摔倒在冰冻的草地上，心想这狗肯定会上来咬断他的喉咙。狗咆哮了一阵后，嗅起马尔斯的外套。

保拉抓起一大把雪向狗扔去。门廊的灯亮了，门开了，一个男人喊道：“巴兹！”马尔斯爬起来，掸了掸身子。

“怎么回事？”站在门口的男人说。“是谁呀？巴兹，过来，伙计，这儿来！”

“我们是马尔斯夫妇，”保拉说，“我们是来祝你们圣诞快乐的。”

“马尔斯夫妇？”站在门口的男人说。“滚出去！滚到车库去，巴兹。滚，滚！是马尔斯夫妇。”男人对站在他身后、正探头往外张望的女人说道。

“马尔斯夫妇，”她说，“哦，让他们进来，让他们进来，看在老天的分上。”她走到门廊前，说：“请进，天真冷。我是希尔达·摩根，这是埃德加。很高兴见到你们。请进来吧。”

他们在门廊处很快地握了握手。马尔斯和保拉进屋后，埃德加·摩根关上了门。

“把你们的外套给我，把外套脱了吧。”埃德加·摩根说。“你没事吧？”他对马尔斯说，仔细地看了看他，马尔斯点了点头。“我知道这条狗有点疯，但他从来没像今天这样。我看见了。刚才我正好看着窗外。”

这番坦白让马尔斯觉得有些奇怪，他看了一眼这个男人。埃德加·摩根四十来岁，头几乎全秃了，穿着休闲裤和毛衣，脚上穿着双皮拖鞋。

“它叫巴兹，”希尔达·摩根宣布，并做了个鬼脸。“是埃德加的狗。我不能忍受在家里养宠物，但埃德加买了这条狗，他保证不让它进屋。”

“它睡在车库里，”埃德加·摩根说，“它乞求进屋，但我们不允许，这你知道吧。”摩根哧哧地笑了起来。“坐下，坐下，如果你们能在这堆得乱七八糟的地方找到座位的话。希尔达，亲爱的，把沙发上的东西挪开，好让马尔斯他们坐下来。”

希尔达清理好沙发上的盒子、包装纸、剪刀、一盒缎带和纸花，她把所有的东西都放到了地上。

马尔斯注意到埃德加又在盯着他看，脸上没了笑容。

保拉说：“马尔斯，亲爱的，你头发上沾了个东西。”

马尔斯用手在头后面摸了一下，发现一根细树枝，就把它放进了口袋。

“那条狗，”摩根说着又哧哧地笑了起来，“我们正在喝热饮，包装那些拖到最后一刻的礼物。你们愿意和我们一起为节日喝一杯吗？你们想来点什么？”

“什么都可以。”保拉说。

“随便什么，”马尔斯说，“但愿我们没有打扰你们。”

“什么话，”摩根说，“我们一直……一直都对马尔斯一家很好奇。先生，你来杯热的？”

“好的。”马尔斯说。

“马尔斯太太？”埃德加说。

保拉点了点头。

“两杯热饮马上就到。”摩根说，“亲爱的，我觉得我们也差不多了，是不是？”他对他的妻子说。“这的确是个好理由。”

他拿过她的杯子，去了厨房。马尔斯听见碗碟橱的门砰的一声响，还听见一句像是咒骂的低声嘀咕。马尔斯眨了眨眼。他看了一眼希尔达·摩根，她正端坐在沙发一端的一把椅子上。

“往这边坐，你们俩。”希尔达·摩根说。她拍了拍沙发的扶手。“往这边一点，靠着壁炉。等摩根先生回来，让他添一点柴火。”他们坐了下来。希尔达·摩根把手放在大腿间，身体略向前倾，端详着马尔斯的脸。

除了希尔达·摩根椅子背后墙上的三张带镜框的小照片外，客厅和他记忆中的一模一样。其中的一张照片里，一个穿着马甲和双排扣礼服的男子正在向两个打着阳伞的妇人脱帽致敬。背景是跑着马车的中央广场。

“德国怎么样？”保拉说。她坐在坐垫的边上，抓着膝盖上的包。

“我们很喜欢德国。”埃德加·摩根说，他端着放有四个大杯子的托盘从厨房出来。马尔斯认出了这些杯子。

“马尔斯太太，你去过德国吗？”摩根问道。

“我们很想去，”保拉说，“是不是啊，马尔斯？也许明年吧，明年夏天。要不就是后年。一旦我们有了钱。也许等马尔斯卖出点什么以后。马尔斯在写作。”

“我觉得一趟欧洲之行对一个作家来说会十分有益。”埃德加·摩根说。他把杯子放在垫子上。“请便。”他在他妻子对面的一把椅子上坐了下来，注视着马尔斯。“你在信中说你辞了职专事写作。”

“是这样的。”马尔斯呷着他的饮料说。

“他几乎每天都要写点什么。”保拉说。

“是这样吗？”摩根说，“那真了不起。我可以问问你今天都写了点什么吗？”

“什么都没写。”马尔斯说。

“正过节呢。”保拉说。

“你一定为他感到骄傲，马尔斯太太。”希尔达·摩根说。

“是的。”保拉说。

“我为你高兴。”希尔达 · 摩根说。

“你们或许会对我那天听说的事情感兴趣。”埃德加·摩根说。他取出一些烟丝塞进烟斗。马尔斯点了根烟，四下找着烟缸，最后把火柴丢到了沙发背后。

“这真的是个令人毛骨悚然的故事，但你也许可以用它做素材，马尔斯先生。”摩根划着火柴，吸着烟斗。“对你的写作有帮助，是不是，这类的事情。”摩根边说边笑着把火柴晃灭。“这老兄和我差不多大，和我做过几年同事，我们有些来往，也有共同的朋友。后来他搬走了，在一所大学接受了一份职务。唉，你们知道这是怎么一回事——

这老兄和他的一个学生搞上了。”

摩根太太用舌头表示了一声不满。她弯腰捡起一个包着绿纸的小盒子，往上面粘一朵红色的纸花。

“根据各方面的说法，这是一段持续了好几个月的风流韵事，”摩根继续说道，“直到不久前，事实上，准确地说，是一周前。那天——是在晚上——他向他妻子宣布——他们已经结婚二十年了，他向他妻子宣布他要离婚。你不难想象那个傻女人会怎么反应。可以说是突然就来了这么一下子。这一通闹，全家都卷进来了。她命令他立刻从家里出去。但就在这老兄往外走的时候，他儿子朝他扔了一个西红柿汤罐头，正好砸在他的前额上。把他砸成了脑震荡，住进了医院。他的情况很严重。”

摩根吸着烟斗，眼睛盯着马尔斯。

“我从没听说过这样的事。”摩根太太说，“埃德加，真恶心。”

“太恐怖了。”保拉说。

马尔斯咧嘴一笑。

“现在，有个为你准备的故事，马尔斯先生。”摩根说，他看见了那一抹笑，眯起眼睛。“想想如果你能钻进那个男人的脑袋里，你会有个什么样的故事。”

“或者她的脑袋里，”摩根太太说，“他妻子的。想想她的故事。二十年后就这样被别人背叛了。想想她会有什么样的感受。”

“但是，想象一下那可怜的男孩所承受的，”保拉说，“想想看吧，他几乎把他爸爸杀了。”

“是的，说得都对，”摩根说，“但我觉得你们都没往这儿想。想一想这个。马尔斯先生，你在听吗？告诉我你是怎么想的。把你的脚放进那个爱上了一个已婚男人的十八岁女学生的鞋里，设身处地替她想一想，你就会发现这个故事可能的写法了。”

摩根点了点头，带着得意的神情靠在椅背上。

“我对她恐怕没有一点同情，”摩根太太说，“我能想象她是哪一种人。我们都知道她是什么样的，那种专门勾引老男人的。我对他也没有一点同情——这个男人，这个追逐者，没有，我没有。在这件事上，我不得不说我的同情心全在妻子和儿子身上。”

“这得托尔斯泰来写才能写好，”摩根说，“比托尔斯泰差半点都不行。马尔斯先生，水还热着呢。”

“该走了。”马尔斯说。

他站起来，把烟扔进炉火里。

“待一会儿，”摩根太太说，“我们还没有彼此熟悉呢。你们还不知道我们是怎样……猜测你们的呢。我们现在总算见面了，再待一会儿吧。这真是个惊喜。”

“谢谢你们的卡片和短信。”保拉说。

“卡片？”摩根太太说。

马尔斯坐了下来。

“我们决定今年一张卡片都不寄，”保拉说，“我忙不过来，最后一刻再来做这个似乎也没有什么意思。”

“你要再来一杯吗，马尔斯太太？”摩根站在她前面，手放在她的杯子上。“给你丈夫做个榜样。”

“是很好喝，”保拉说，“喝了暖和。”

“对，”摩根说，“喝了暖和。说得好。亲爱的，你听见马尔斯太太说的了吗？喝了暖和。这非常好。马尔斯先生？”摩根说，等着回应。“你愿意和我们一起喝吗？”

“好吧。”马尔斯说，让摩根拿走了杯子。

狗发出呜呜的叫声，开始用爪子抓门。

“那条狗，我不知道它是怎么了。”摩根说。他进了厨房，这一次，马尔斯清楚地听见他在把水壶摔到炉子上时咒骂了一声。

摩根太太哼起了小调。她拿起一个包了一半的礼品盒，剪了一条胶带，开始封贴包装纸。

马尔斯点了支烟。他把火柴撂在杯垫上。他看了看表。

摩根太太抬起头来。“我好像听见有人在唱歌。”她说。她听了听。她从椅子上站起来，走到前面的窗子跟前。“有人在唱歌。埃德加！”她喊道。

马尔斯和保拉走到窗前。

“我好多年没见过沿街唱圣诞颂歌的人了。”摩根太太说。

“怎么了？”摩根说。他端着托盘和杯子出来。“怎么了？出什么事了？”

“没什么，亲爱的。是唱圣诞颂歌的人。他们在那边，街对面。”摩根太太说。

“马尔斯太太。”摩根递过托盘，“马尔斯先生。亲爱的。”

“谢谢。”保拉说。

“非常感谢[1]，”马尔斯说。

摩根放下托盘，端着杯子回到窗前。年轻人聚集在对面房子前的人行道上，一群男孩和女孩，一个穿着大衣、戴着围巾的年龄稍大、个头稍高的男孩。马尔斯能看见对面窗户里的面孔——阿特里夫妇。圣歌唱完后，杰克·阿特里来到门口，给了那个大男孩一件东西。这群人沿着人行道往前走，手电筒的灯光晃来晃去，他们在另一栋房子前停了下来。

“他们不会来这儿了。”等了一会儿，摩根太太说。

“什么？他们为什么不来这儿？”摩根说，转向他的妻子，“说的是什么蠢话！他们为什么不来这儿？”

“我就是知道他们不会。”摩根太太说。

“我说他们会。”摩根说，“马尔斯太太，这些唱圣诞颂歌的人会不会来这儿？你怎么认为？他们会回来祝福这个家吗？你说说。”

保拉贴近窗户，但唱圣诞颂歌的人已经走到了路的尽头。她没有回答。

“好啦，大家的兴奋劲都过去了。”摩根说，回到椅子

① 原文为西班牙语。

旁。他坐下，皱了皱眉头，开始往烟斗里面塞烟丝。

马尔斯和保拉回到沙发上。摩根太太终于离开了窗户。她坐下来，一边微笑一边盯着自己的杯子。然后，她放下杯子哭了起来。

摩根把手帕递给妻子。他看着马尔斯。不久，摩根开始用手指敲椅子的扶手。马尔斯动了动他的脚。保拉在钱包里找香烟。“你看你搞的！”摩根说这话时，眼睛盯着马尔斯脚边地毯上的某个东西。

马尔斯准备站起来。

“埃德加，再给他们来杯饮料，”摩根太太边说边擦眼睛。她用手帕擦了擦鼻子。“我想让他们听听阿滕伯勒太太的故事。马尔斯先生写东西。我想他可能会觉得这个故事有点用。等你回来，我们再开始讲这个故事。”

摩根收起杯子，把它们端到厨房里。马尔斯听见盘子的哗啦声和碗柜门的嘭嘭声。摩根太太看着马尔斯，无力地微笑着。

“我们得走了，”马尔斯说，“我们得走了。保拉，拿上你的外套。”

“别，别走，请留下，马尔斯先生，”摩根太太说，“我们想让你们听听阿滕伯勒太太的故事，可怜的阿滕伯勒太太。马尔斯太太，你也会感谢这个故事的。它是个机会，让你看看你丈夫的大脑是怎样处理一手素材的。”

摩根回到客厅并把热饮递给大家。他飞快地坐了下来。

“给他们讲讲阿滕伯勒太太的故事，亲爱的。”摩根太太说。

“那条狗差点没把我的腿给扯下来。”马尔斯说，说完马上对自己这句话感到吃惊。他放下杯子。

“哎，我说，没那么严重吧。”摩根说，“我看见了。”

“你知道这些作家，”摩根太太对保拉说，“他们总喜欢夸张。”

“所谓笔杆的力量。”摩根说。

“就这样吧，”摩根太太说，“把你的笔弯成犁头，马尔斯先生。”

“让摩根太太来讲阿滕伯勒太太的故事。”摩根说，不理睬正站起身来的马尔斯，“摩根太太和这件事有着密切的关系。我已经给你们讲了那个被汤罐头砸昏了的老兄。”摩根哧哧地笑了起来，“让摩根太太来讲这一个。”

“你讲吧，亲爱的。马尔斯先生，你注意听着。”摩根太太说。

“我们该走了。”马尔斯说，“保拉，我们走吧。”

“是关于诚实的。”摩根太太说。

“那我们就诚实一点。”马尔斯说。然后他问：“保拉，你走不走？”

“我要求你们听这个故事。”摩根提高了嗓音，“你们如果不听，那就是在侮辱摩根太太，侮辱我们俩。”摩根握紧了烟斗。

“马尔斯，别这样，”保拉不安地说，“我想听听，听完我们就走。马尔斯？求你了，亲爱的，再坐一分钟。”

马尔斯看着她。她动了下手指头，像是对他做了个暗号。他犹豫了一下，在她身边坐了下来。

摩根太太开始了：“在慕尼黑时，一天下午，我和埃德加去了多特蒙德博物馆。秋天那里有个包豪斯[1]展，埃德加说管它呢，歇上一天——要知道，他正在做研究——管它呢，歇上一天。我们坐上有轨电车，穿越慕尼黑城来到博物馆。我们花了好几个小时看展览，为了向我们喜欢

① 包豪斯（Bauhaus），建筑学的一个流派，始于德国。

的几位过去的大师致敬，还重访了几间画廊。就在我们快要走的时候，我去了趟厕所。我把钱包丢在那儿了。钱包里有埃德加当月的工资支票，前一天刚从国内寄来，还有一百二十美元现金，我原本准备把钱和支票一起存进银行。钱包里还有我的身份证。我到家才发现钱包丢了。埃德加赶紧给博物馆的负责人打电话。他正说着，我看见一辆出租车在门前停下来。一位穿着讲究的白发妇人从车里走了出来。她是个结实的妇人，拿着两个钱包。我招呼了声埃德加，就去开门。妇人说她叫阿滕伯勒太太，把我的钱包递给我，解释说她也在下午参观了博物馆，在厕所发现垃圾箱里有只钱包。为了找到失主，她当然得打开钱包。里面有我的身份证，她便知道了我们的地址。为了把钱包亲自送来，她立刻离开了博物馆，打了辆出租车过来。埃德加的支票还在里面，但是现金，那一百二十美元不见了。尽管这样，我还是很感激，其他东西都完好无损。快四点了，我们留那位女士和我们一起用茶。她坐了下来，没过一会儿就给我们说起了她的经历。她出生在澳大利亚，在那儿长大，婚结得早，有三个孩子，全是男孩，她现在守寡，和两个儿子一起住在澳大利亚。他们以牧羊为生，有两万多英亩的地用来放羊，而且，每年到了特定季节，会有很多牧羊人和剪羊毛工人来给他们打工。她正准备从英国回到澳大利亚，顺路才来到我们慕尼黑。她在英国看望完她做律师的小儿子，准备回澳大利亚前遇见了我们。”摩根太太说，“她一路上玩了不少地方。她的行程单上还有好几个地方要去。”

“说重点，亲爱的。”摩根说。

“好的。这是事情的经过，下面，马尔斯先生，我就直奔高潮，就像你们作家说的那样。我们愉快地交谈了一个小时，在这个女人讲完她的经历和她在澳洲的历险后，她起身准备离开。她把杯子递给我时，突然张开了嘴，杯子掉到了地上，她一头倒在我们的沙发上死了。死了。就在我们的客厅里。这是我们一生中最震惊的一刻。”

摩根很严肃地点了点头。

“天哪。”保拉说。

“命运让她死在德国我们家客厅的沙发上。”摩根太太说。

马尔斯大笑起来。“命、运、让、她、死、在、你、们、的、客、厅？”他一边喘气一边说。

“这好笑吗，先生？”摩根说，“你觉得这很好笑吗？”

马尔斯点点头。他笑个不停。他用衣袖擦了擦眼睛。“实在对不起，”他说，“我控制不住。那句‘命运让她死在德国我们家客厅的沙发上’。对不起。后来怎样了？”他好不容易把话说完。“我想知道后来怎样了。”

“马尔斯先生，我们不知道该怎么办。”摩根太太说，“太震惊了。埃德加试了试她的脉搏，但她一点活着的迹象都没有。她已经开始变色。她的脸和手都在变灰。埃德加走到电话旁想打给谁。他说：‘打开她的包，看看能不能查到她住在哪儿。’我把目光从沙发上躺着的那个可怜人的身上移开，拿起她的钱包。我在钱包里看见的第一样东西竟然是我的一百二十美元，回形针还在上面别着呢，想象一下我当时的惊讶和困惑吧。那种彻底的困惑。我从来没有这么惊讶过。”

“还有失望，”摩根说，“别忘了，一种刻骨铭心的失望。”

马尔斯咯咯地笑着。

“如果你真的是个作家，像你自己说的那样，马尔斯先生，你不会笑的。”摩根站起身来说，“你根本不敢这么笑！你会努力去理解它。你会扎到那个可怜人的灵魂里去，设法理解她。但你根本不是个作家，先生！”

马尔斯咯咯地笑个不停。

摩根把他的拳头砸在茶几上，杯子在桌垫上叮当作响。“真实的故事就发生在这里，就在这栋房子里，就在这间客厅里，现在是说出它的时候了！真实的故事在这儿，马尔斯先生。”摩根说。他在地毯上摊放的鲜亮包装纸上走来走去。他停下来盯着马尔斯看，后者正用手托着前额，笑得前俯后仰。

“设想一下这种可能性，马尔斯先生！”摩根尖叫道，“设想一下！一个朋友——让我们称他为X先生——是Y先生和Y太太的……的朋友，也是Z先生和Z太太的朋友。不幸的是，Y先生、Y太太和Z先生、Z太太并不互相认识。我之所以说‘不幸’，是因为假如他们已经互相认识，这件事根本就不可能发生，这个故事也就不存在了。现在，X先生听说Y先生和Y太太要去德国一年，需要有人在他们不在时住那栋房子。Z先生和Z太太正在找合适的住处，X先生告诉他们他知道一个好住处。但没等X先生把Z先生和Z太太介绍给Y先生和Y太太，Y他们不得不提前离开了。作为朋友的X先生，被委托根据自己的判断把房子租给别人，这包括Y先生和Y太太——我是想说Z。这样，那位……那位Z先生和Z太太就搬了进来，并带来一只猫，Y先生和Y太太后来是在X先生给他们的一封信里知道的。尽管租约里明确说明不能养猫和其他动物，因为Y太太有哮喘病，Z先生和Z太太还是带了只猫进来。真实的故事，马尔斯先生，就在我刚才描述的情况里面。如果要说出事实来的话，Z先生和Z太太——我是说Y先生和Y太太搬到Z家后，侵犯了Z的家。在Z的床上睡觉是一回事，但打开Z的私用壁橱，使用他们的床单被套，故意损坏里面的东西，这是不道德和违背租约的。上述这对夫妻，Z他们，打开上面标着‘请勿打开’的装厨房用具的箱子。打碎了盘子，虽然有明文规定，在上述的租约里明文规定他们不得使用房主的，也就是Z的私人物件。我强调一下，是私人的财产。”①

摩根的嘴唇发白，他继续在纸上走来走去，偶尔停下来看马尔斯一眼，嘴巴里发出轻微的喘气声。

“还有卫生间的东西，亲爱的，别忘了卫生间的东西，”

① 这段独白里，摩根先生好几次把“Y先生和Y太太”与“Z先生和Z太太”搞混。作者借此来表现摩根语无伦次的愤怒心情。

摩根太太说，“用Z的毯子和床单已经是很不对的了，但他们还用了卫生间的东西，翻动储存在阁楼里的私人物件，这就太过分了。”

“这是个真实的故事，马尔斯先生。”摩根说。他试图填他的烟斗。但他的手在发抖，烟丝散落到了地毯上。“这是个真实的故事，正等着别人来写呢。”

“而且这并不需要托尔斯泰来写。”摩根太太说。

“根本就不需要托尔斯泰。”摩根说。

马尔斯大笑着。他和保拉同时从沙发上站起身，向大门走去。“晚安。”马尔斯开心地说。

摩根跟在他的身后：“如果你是个真正的作家，先生，你会把那个故事变成文字，而不是踮着脚尖绕着它走。”

马尔斯只是在笑。他触到了门把手。

“还有一件事。”摩根说，“我本来不想提的，但鉴于你今晚的所作所为，我想告诉你我的两张一套的‘爵士音乐会’不见了。这些唱片是很有纪念意义的，我一九五五年买的它们。现在，我强烈要求你告诉我它们去了哪里！”

“凭良心说，埃德加，”摩根太太在帮保拉穿外套时说，

"清点完唱片后，你承认你记不得最后一次见这些唱片是什么时候了。"

"但我现在很确定，"摩根说，"我肯定我们离开前见过那些唱片，现在，现在我想让这位作家确切地告诉我们那些唱片的去向。马尔斯先生？"

但马尔斯已经来到门外，他拉着他太太的手，急匆匆地沿过道向车子走去。巴兹被他们吓住了，怯生生地叫了一声，跳到了一旁。

"我要知道！"摩根叫道，"我等着呢，先生！"

马尔斯和保拉钻进车里，发动了引擎。他又看了一眼站在门廊里的那对夫妻。摩根太太挥了挥手，而后，她和埃德加·摩根进到屋里，关上了门。

马尔斯把车开上了路。

"那些人疯了。"保拉说。

马尔斯拍了拍她的手。

"他们真恐怖。"她说。

他没有回答。她的声音像是从很遥远的地方传来的。他继续往前开着。雪花扑打在挡风玻璃上。他默不作声地看着前方的路。此刻，他正处在一个故事的结尾。

杰瑞、莫莉和山姆

在阿尔看来，解决问题的办法只有一个。他必须瞒着贝蒂和孩子们把狗弄走。趁晚上。做这件事只能趁晚上。他只要开车把苏西送到——嗯，某个地方，以后再决定什么地方吧——打开车门，把它[1]推出去，开走。越快越好。做出决定后，他感到一阵轻松。他越来越相信，不管什么行动，有总比没有强。

那是个周日。吃完过了点的早饭后，他从餐桌旁起身，双手插在口袋里，站在水池边上。近来什么都不顺。就算不用操心这条烂狗，其他的事也够烦心的了。本该雇人的喷气机公司却在裁员。盛夏，遍地都是国防合同，喷气机公司却在讨论裁员的事。实际上已经在裁员了，每天裁一点。尽管他在那儿已经是第三个年头，但一点也不比其他人安全。他和一些关键人物的关系都还不错，那没错，但

① 本篇原文指代狗有时用“she”（她），有时用“it”（它），这里统写为“它”。

这年头，不管是资历还是关系，都没什么屁用。如果轮到你，就该你倒霉——没人帮得上你。他们在做裁员的准备，已经在裁了。一次裁五十到一百人。

不管是领班管理人员，还是流水线上的工人，没有一个是安全的。三个月前，就在裁员开始前不久，他听了贝蒂的话，搬到这个舒适的地方，两百美元一个月。租赁，外带购买的权利。妈的！

阿尔其实不想离开原来的住处。他在那里一直待得很舒服。谁知道搬来才两周，公司就开始裁人？但这年头谁又能知道什么？比如那个吉尔。吉尔在维因斯托可做簿记员。她是个好姑娘，说她爱阿尔。她只是有点寂寞，那是她在第一天晚上告诉他的。她第一天晚上还告诉他说，她不是个随便就跟已婚男人鬼混的人。他大约是在三个月前遇见吉尔的，当时有关裁员的事弄得他心情沮丧，神魂不定。他是在“城市和乡村”，那个离他新住处不远的酒吧遇见她的。他们跳了一会儿舞，他开车送她回家，在她公寓门口，两人在车里亲热了一番。那天晚上他没有和她上楼，尽管他确信他可以这么做。第二天晚上他才和她一起上楼。

现在他有了外遇，看在老天的分上，他不知道如何是好。他不想继续下去，但也不想就此罢手：暴风雨来临时，你也没必要把船上所有东西都扔到海里去。阿尔在顺水漂流，他知道他在漂流，至于会漂到哪里，他却猜不出来。但他感到自己正在失去对所有事情的掌控。所有事情。就在最近，在便秘了几天后，他发现自己在想年龄问题——这是个他以往和老年联系在一起的苦恼。再有，就是头上那个小秃斑，他已在考虑换一种发型。他该拿自己的生活怎么办？他想知道。

他三十一岁。

除了要应付这些，还有他小姨子桑迪四个月前给孩子们（亚历克斯和玛丽）的那条杂种狗。他希望他从来就没见过这条狗，最好也从来没见过桑迪。那个臭婊子！她总要搞出些新花样，到头来总让他破费。给孩子一些玩上一两天就坏、不得不送去修理的荒唐玩意儿，一些孩子们为此争吵打斗、把对方揍得屁滚尿流的东西。老天爷！通过贝蒂，马上就花掉他二十五美元。想到那些二十五美元、五十美元的支票，还有几个月前那张为她车子分期付款开的八十五美元的支票（她车子的分期付款，老天啊，在他还不知道自己有没有容身之地的时候)，想到这些，他就想杀了这条该死的狗。

桑迪！贝蒂、亚历克斯和玛丽！吉尔！还有苏西这条该死的狗！

这就是阿尔。

他总得从某个地方开始吧——建立次序，把事情理出个头绪来。是该干点什么了，来点直截了当的。他决定从今晚开始。

他要人不知鬼不觉地把狗骗上车，再找个借口出门。但一想到贝蒂的那副样子他就浑身不舒服：她会垂着眼皮看他穿衣服，然后，就在他出家门前的那一刻，问他去哪儿呀，要待多久呀之类的，用的是一种听之任之的口气，让他更加难受。他从来就不习惯说谎。此外，想到要用掉他在贝蒂那里所剩无几的信任，去为一个并非是她怀疑的事情说谎，他就气不打一处来。这么说吧，简直浪费了一次说谎的机会。但是他不能告诉她真相，不能说他不是去喝酒，不是去找别人玩，而是为建立家庭新次序迈出第一步，去扔掉这条该死的狗。

他用手抹了一把脸，想驱散这些念头，让脑子清净一下。他从冰箱里取出半加仑装的冰拉克[①],拉开铝盖。他的生活成了一团乱麻，一个谎言叠在另一个谎言之上，直到他自己也不知道能否将它们理顺。

“该死的狗。”他大喊一声。

“它一点都不识相！”这是阿尔对它的评价。此外，它还是个鬼鬼祟祟的家伙。只要后门没关好，等大家一离开，它就会撬开纱门跑进客厅，在地毯上撒尿。现在那块地毯上至少有半打地图形状的污迹。它最喜欢去的地方是杂物间，会在脏衣服堆里乱翻，以至所有短裤的裤裆都被它咬掉了。它还咬房子外面的天线引线，有一次，阿尔刚拐进车道，就见它躺在院子里，嘴里衔着一只他的富乐绅[②]。

“它是个疯子，”他会说，“它把我也弄疯了。我整天紧跟在后面修都来不及。这个臭狗崽子，总有一天我要宰了它！”

贝蒂对狗的容忍度要高得多，会和狗相安无事很长一

① 啤酒品牌。

② 美国男鞋品牌。

段时间，但她会突然发作，捏紧拳头，骂它“臭王八蛋”“婊子”，朝孩子们尖声叫喊，让他们别把狗带进卧室，带进客厅。贝蒂对待孩子们也一样。她会和他们和平相处到一定的程度，不处罚他们。但她会突然变得残酷起来，一边抽他们耳光，一边冲他们大喊：“别闹了！别闹了！我再也受不了了！”

但是贝蒂当时是这么说的：“这是他们的第一条狗。你肯定记得你有多喜欢你的第一条狗吧？”

“我的狗有头脑，”他说，“它是一条爱尔兰长毛犬！”

下午过去了。贝蒂和孩子们从外面某个地方开车回来，他们坐在阳台上吃三明治和薯片。他在草地上睡着了。等他醒过来，天几乎黑了。

他冲了个澡，刮完胡子，换上休闲裤和一件干净的衬衫。他觉得休息好了，但人有点迟钝。他一边穿衣服一边想着吉尔。他还想到了贝蒂、亚历克斯、玛丽、桑迪和苏西。他觉得自己昏昏沉沉的。

“我们马上就要吃晚饭了。”贝蒂说。她走进卫生间，盯着他看。

“没事，我不饿。天热得吃不下饭。”他摆弄着衬衫的领子。“我说不定开车去卡尔店里，打几盘桌球，喝点啤酒。”

她说：“我知道了。”

他说：“天哪！”

她说：“去吧，我不在乎。”

他说：“我一会儿就回来。”

她说：“去吧，我说了。我说了我不在乎。”

他进到车库里，说了声“都他妈的见鬼去吧！”，一脚踢开放在水泥地上的耙子。随后他点了支烟，试图让自己冷静下来。他捡起耙子，把它放回原处。他正在那里自言自语“次序，次序”时，看见狗来到了车库前，在门那里嗅来嗅去，朝里张望着。

他招呼它：“这儿。来这儿，苏西，这里，姑娘。”

狗摇了摇尾巴，仍待在原地。

他从割草机上方的柜子里拿出一罐，两罐，最终拿出了三罐食物。

“今晚随便吃，苏西，老姑娘，能吃多少吃多少。”他哄着它，把第一个罐头完全拉开，一股脑倒进狗食盆里。

他开车转了快一个小时，还是定不下来一个地方。如果把狗随便扔在哪个居民区，马上就会有人通知收容所，要不了一两天狗就会被送回家。贝蒂打出的第一个电话肯定是给县收容所的。他想起在哪儿读到过的故事，走失了的狗能找到几百英里外的家。他还想起了犯罪节目中车牌被人记住的场景，不由得心跳加快。要是被逮个正着呢？在公众不了解具体情况的时候，舆论会认为弃狗是件很可耻的事。他得找个合适的地方。

他开到亚美利加河边。这条狗本来也该多出来放放风，让它知道风吹在背上是什么滋味，它愿意的话，可以去河里蹚水或游泳。一天到晚被人圈在一个地方实在太可怜了。堤坝附近看上去很荒凉，周围根本就没有住家。毕竟，他还是希望有人捡到并收养这条狗。最理想的是一栋两层楼的老式大房子，里面住着幸福快乐、举止得体的孩子，他们想要一条狗，迫切想要一条狗。可是这里没有两层楼的老房子，一栋也没有。

他回到高速公路上。自从把它哄上车后，他一直没能看它一眼。现在它安静地趴在后座上。当他拐下高速，把车停下后，它站了起来，嘴里发出呜呜的声音，四下张望。

他停在一家酒吧的外面，进去前把车窗都摇了下来。他在里面待了将近一个小时，喝啤酒，玩沙壶球。他一直在想是否要把所有车门也打开一点。当他出来时，苏西坐在座位上，嘴唇翻开，牙齿露在外面。

他上了车，接着往前开。

这时他想到了一个地方，那个刚好跨入约诺县县界、他们曾经住过的挤满了孩子的居民区。如果狗在那里被人捡到，会被送到伍德兰市的收容所，而不是萨克拉门托市的收容所。只要开到那个旧居民区的某条街上，停车，扔出一把它吃的狗屎玩意，打开门，再轻轻助它一臂之力，把它推出去，开车走人。完成！这件事就算完成了。

他加速朝那里开去。

经过居民区时，他看见一些住家的门廊里亮着灯，三四栋房子前面的台阶上坐着男男女女。他慢悠悠地开着，来到他从前的房子跟前时，他慢得几乎停了下来，眼睛盯着前门、门廊和露出灯光的窗户看。看着这栋房子，他觉得自己更加脆弱了。他曾在那里住过多久？一年？十六个月？在此之前，是奇科、红泊拉弗、塔科马、波特兰（在那里认识了贝蒂)、雅基马……托珀尼什，他在那里出生，上了高中。从那以后，他觉得自己就再没有过无忧无虑的日子。他想起了在小瀑布钓鱼和露营的夏季，秋天，跟在山姆的后面猎野鸡，长毛犬闪亮的红毛像一盏火炬，出没于玉米地和开着紫苜蓿的田野，当年的他和他的狗都发疯似的奔跑。他希望今晚能够一直不停地开下去，一直开到托珀尼什镇砖头铺成的老街上，在第一个红绿灯处左拐，再左拐，在他母亲住过的地方停下来，然后，不管发生什么，永远永远不再离开。

他来到街道黑暗的尽头，正前方是一大块空地，街道从右边绕过这块空地。几乎一整条街上，靠空地的一侧没有一栋房子，另一侧也只有一栋，里面一片漆黑。他停了车，不再去想自己该做什么，抓了一把狗食，俯身到后座，打开靠空地一侧的后门，把狗食扔了出去，说了声："去吧，苏西。"他推着它，直到它极不情愿地下了车。他探身关上车门，慢慢开走了，然后越开越快。

之后他去了"杜皮"，那是回萨克拉门托途中的第一家酒吧。他心惊胆战，往外冒汗，原以为自己会有一种如释重负的感觉，但完全没有。他不停地告诫自己：这是朝正确方向迈出的第一步，好的感觉明天就会降临，他要做的是熬过这一段时间。

四杯啤酒下肚后，一个穿着高领毛衣和拖鞋、拎着箱子的女孩在他身边坐了下来。她把箱子放在两个高脚凳之间。她似乎认识酒保，酒保每次经过她身边时总要和她说上几句，有一两次甚至停下来和她聊了一小会儿。她告诉阿尔她叫莫莉，不让阿尔帮她买啤酒，但说可以吃他半个比萨饼。

他对她笑了笑，她也笑了笑。他拿出烟和打火机，把它们放在吧台上。

“那就比萨吧！”他说。

过了一会儿，他说：“要我开车送你吗？”

“不用了，谢谢。我在等人。”她说。

他说：“你要去哪儿？”

“不去哪儿。哦，”她用脚趾碰了碰箱子，“你是说这个？”她大笑起来。“我就住在西萨克[①]。我哪儿也不去。里面只是我妈妈的洗衣机的马达。杰瑞，就是那个酒保，他修东西很有一套。杰瑞说他会免费帮我修理。”

---

① 萨克是萨克拉门托的简称。

阿尔站起身来，朝她弯下腰时稍微晃了一下。他说："好吧，再见，宝贝，回头见。"

"那还用说！"她说，"谢谢你的比萨。我午餐后到现在还没吃过东西。正在努力减掉一些这玩意儿。"她掀起毛衣，抓起一把腰上的赘肉。

"真不需要我送你去哪儿？"他说。

女人摇了摇头。

又回到车里，开车，他去掏烟，然后发疯似的去掏打火机，这才想起来他把它们落在吧台上了。见鬼去吧，他想，送她了，让她把烟和打火机放进那个装洗衣机的箱子里吧。他把这个也算到了狗的头上，又一笔开销。但这是最后一笔了，我对天发誓！现在他为这事生气，现在他总算想明白了，那个女孩其实对他友善得不能再友善了。要不是处在这种心情下，他早就把她弄到手了。但是当你心情沮丧的时候，从哪儿都看得出来，甚至是你点烟的样子。

他决定去看吉尔。他在烈酒店买了一品脱的威士忌，爬上她公寓的楼梯后，他在平台上停住脚，调整了一下呼吸，用舌头净了净牙齿。他嘴里还留有比萨饼上蘑菇的味道，嘴和嗓子眼被威士忌烧得辣辣的。他意识到他想马上去吉尔的洗手间，用一下她的牙刷。

他敲了敲门。“是我，阿尔。”他轻声说。“阿尔。”他大声了一点。他听见了她的脚步声。她拉开锁，想松开门上的链子，但他重重地倚在门上。

“等一下，宝贝。阿尔，你不要推，我打不开。好了。”说完她打开门，拉住他的手，审视着他的脸。

他们笨拙地拥抱在一起，他吻了一下她的脸庞。

“坐下，宝贝。这儿。”她打开一盏台灯，把他引到沙发跟前。随后她用手指碰了一下发卷，说：“我去抹点口红。你想喝点什么？咖啡？果汁？啤酒？我好像还有一点啤酒。你手里拿的是什么……威士忌？你想喝点什么，宝贝？”她靠着他，凝视着他的眼睛，用一只手抚摸他的头发。“可怜的小宝贝，你想要什么？”她说。

“就想让你抱着我，”他说，“这儿，坐下。不用抹口红。”他说，把她拉到他的腿上。“抱着我。我要摔倒了。”他说。

她用一条胳膊搂住他的肩膀。她说：“你去床那里等着，宝贝，我会给你你想要的。”

“听我说，吉尔，”他说，“像在薄冰上溜冰，随时会掉下去……我也不知道。”他知道自己两眼肿肿的，看她的眼神呆滞，但他没法改变。“真的。”他说。

她点点头。“什么都别想，宝贝。放松一点。”她说。她拉近他的脸，先吻了一下他的额头，然后是嘴唇。她在他腿上稍稍转了一下身，说：“坐着别动，阿尔。”她的两只手突然同时滑向他脖子后面，夹紧他的脸。他顿时觉得整个房间在眼前旋转起来，过了一会儿才看清楚她在干什么。她一边用有力的手指固定住他的头，一边用大拇指指甲把他鼻子一侧的一个黑头往外挤。

“坐着别动！”她说。

“不要，”他说，“不要这样！停下来！我没有这个心情。”

“马上就好。别动，我说了！……好了，你看这个，你觉得怎样？你不知道它在那里吧，是不是？还剩下一个，一个大的，宝贝。最后一个了。”她说。

“厕所。”他说着，一把推开她，逃脱出来。

家中一片混乱，到处是眼泪。他还没把车停稳，玛丽就哭喊着朝车子跑来。

“苏西不见了，”她呜咽着，“苏西不见了。它永远也不会回来了，爸爸，我知道。它跑了！”

我的天哪，他心猛地一紧。我都干了些什么啊？

“别着急，甜心，她可能跑去哪儿闲逛了。她会回来的。”他说。

“她不会，爸爸，我知道她不会。妈妈说我们可能要再去找一条狗。”

“那样可以吗，宝贝？”他说，“另一条狗，如果苏西不回来的话？我们可以去宠物店……”

“我不要另一条狗！”孩子在哭，抱着他的一条腿。

“我们可以不要狗，要一只猴子吗，爸爸？”亚历克斯问，“如果我们去宠物店挑狗，我们可不可以要一只猴子？”

“我不要猴子！”玛丽哭喊道，“我只要苏西。”

“大家都松手，让爸爸进屋。爸爸的头非常非常疼。”他说。

贝蒂弯腰从烤箱里拿出一个盘子。她看上去疲劳、易怒……更老了。她没看他。“孩子们告诉你了吗？苏西不见了？我已经把附近彻彻底底搜了一遍，所有的地方，我发誓。”

“狗会出现的，”他说，“也许正在哪儿闲逛呢。那条狗会回来的。”他说。

“说真的，”她说，转身面向他，双手放在臀部，“我觉得是出了什么事。我觉得它可能被车撞了。你开车出去转转。孩子们昨晚找过它，它那时就已经不见了。从那以后就没再见过它。我给收容所打过电话了，给他们讲了狗的样子，但他们说收容车还没有全回来。我早晨还要给他们打电话。”

走进卫生间后，他还能听见她在那里唠叨。他一边往水池里放水，一边带着胃痉挛的感觉在想，自己的错误后果会有多严重。关掉水龙头后，他还能听见她的声音。他直直地盯着水池。

“你听见我说的了吗？”她大声喊道，“我让你晚饭后开车去找它。孩子们可以跟你一起去……阿尔？”

“知道了，知道了。”他回答道。

“什么？”她说，“你说什么？”

“我说知道了。知道了！好了吧。随便！让我先洗把脸，可以吗？”

她从厨房那里看过来。“说吧，什么鬼东西让你这么心烦？我可没让你昨晚喝醉酒，我让你那样了吗？我受够了，我告诉你！这一天过得就跟在地狱一样，如果你想知道的话。亚历克斯早晨五点就吵醒我，爬到我床上来，告诉我他爸爸呼噜打得有多响，都快把他吓死了！我看见你穿着衣服死人一样躺在那里。我告诉你，我受够了！”她快速地扫视了厨房，像是要抓起什么东西。

他一脚踢上门。一切都乱套了。刮胡子的时候，他中途停下来一次，手拿剃须刀，看着镜中的自己：脸色苍白，毫无特征——邪恶，这才是正确的描述。他放下剃须刀。我相信这次我犯了个最大的错误。我相信我犯了一个天底下最大的错误。他拿起剃须刀，刮完胡子。

他没有洗澡，也没有换衣服。“把我的晚饭放进烤箱里，”他说，“或者冰箱里。我要出门，就现在。”他说。

“你可以吃完饭再去。孩子们可以和你一起去。”

“不用了，见他的鬼。让孩子们吃饭，他们如果愿意，可以在附近找找。我不饿，天马上就要黑了。”

“所有的人都疯了吗？”她说，“我不知道会发生什么。我马上就要崩溃了。我马上就要疯掉了。我疯了以后孩子们会怎样？”她使劲拍了一下滴水板，她的脸皱成了一团，泪水从脸上滑下来。“反正你根本就不爱他们！你从来就没有爱过。我担心的不是狗。是我们！我知道你早就不爱我了——该死！可是你连孩子都不爱！”

“贝蒂，贝蒂！”他说。“天哪！”他说。“不会有什么事，我向你保证。”他说。“别急。”他说。“我向你保证，不会有事的。我会把狗找回来，什么事都没有。”他说。

他冲出家门，听见孩子们的声音后，连忙在矮树丛里蹲下。小姑娘在哭，嘴里说着“苏西，苏西”；男孩在说狗也许被火车轧死了。他们进屋后，他朝车子跑去。

他焦躁万分地等候着每一个红灯，为加油浪费掉的时间愤恨不已。太阳已沉沉落下，只高出蹲伏在峡谷尽头的山峦顶端一点点。天黑前他最多只有一个小时的时间。

此后的人生像一片废墟展现在他眼前。即使还能再活五十年——极其不可能——他也不会就弃狗这件事原谅自己。他意识到如果不把狗找回来，他就彻底完蛋了。愿意扔掉一条小狗的男人连狗屎都不如。这种男人什么事都做得出来，什么也阻止不了他。

他两眼紧盯正落入群山的太阳肿胀的脸孔，在座位上扭动着身体。他知道局面完全失控了，但他一点办法也没有。他知道他必须把狗找回来，就像前一晚他知道必须丢掉它一样。

“要发疯的是我。”说完他点点头，表示同意。

这次他沿另一条路开到他扔狗的那块空地，留意着任何移动的东西。

“但愿它还在这儿。”他说。

他停下车，在空地上四下搜索。随后，他接着往前开，开得很慢。那栋孤零零的房子的车道上停着一辆没有熄火的旅行车，他看见一个衣着讲究、穿着高跟鞋的女子带着一个小姑娘从前门下了车。他经过时，她们盯着他看。开出很远后，他拐向左边，尽可能远地查看街道和两边的院子。什么都没有。下一条街上，一辆停着的车子旁边站着两个骑脚踏车的男孩。

“喂，”开到两个男孩身旁时，他对他们说，“小伙子们，你们今天有没有在附近看见一条狗？白色的，毛茸茸的？我丢了一条狗。”

其中的一个男孩只管盯着他看。另一个说：“今天下午我看见很多小孩在那边和一条狗玩。这条街另一边的一条街上。我不知道是条什么样的狗。它可能是白色的。有很多小孩。”

“好的,很好。谢谢。”阿尔说。“非常非常感谢。”他说。

他在街道的尽头右转,把注意力集中在前面的街道上。太阳已经落山，天几乎全黑了。住房一栋紧挨着一栋，树木、草坪、电话线杆和停着的车子，宁静、无忧无虑的气氛包围着他。他听见一个男人召唤他的孩子，他看见一个系着围裙的妇人走向亮着灯的门前。

“我还有机会吗？”阿尔说。他感到泪水涌进了眼睛里。他有点惊讶。往外掏手帕时忍不住摇摇头，苦笑了一下。这时他看见一群孩子顺着街道走来。他挥手招呼他们。

“孩子们，你们看没看见一条白色的小狗？”阿尔对他们说。

“哦，见过，”一个男孩说，“是你的狗吗？”

阿尔点点头。

“我们刚才还在和它玩呢，就在街那头。特里家的院子里。”男孩用手指了指，“那头。”

“你有小孩吗？”一个小姑娘大声说道。

“我有。”阿尔说。

“特里说他要把狗留下来。他没有狗。”男孩说。

“很难说，”阿尔说，“我觉得我的孩子不会同意的。是他们的狗。只是走丢了。”阿尔说。

他沿着街道往前开。天完全黑了，很难看清什么，他又慌张起来，无声地咒骂着自己，骂自己像一个风向标，变来变去，一会儿这样，一会儿那样。

这时他看见了那条狗。他知道他已经盯着它看了一阵子。狗慢慢走动着，嗅着栅栏边上的青草。阿尔下了车，开始横穿草坪。他猫着腰往前走，嘴里喊着:“苏西，苏西，苏西。”

狗看见了他，停了下来。它抬起头。他蹲了下来，伸开双臂，等着。他们互相看着。它摇摇尾巴向他致意。它趴下来，把头放在两爪之间，问候他。他等着。它爬了起来。它绕过栅栏，从他眼前消失了。

他坐在那里。想到发生的一切，并不觉得特别难过。这个世界上有的是狗。哪儿哪儿都是狗。有的狗你还真拿它没办法。

亲爱的，这是为什么？

尊敬的先生：

收到您询问我儿子的来信，我感到很惊讶，您怎么知道我住在这里的？多年前，当事情刚露出点征兆时，我就搬过来了。这里没人知道我的身份，但我还是很担心。我害怕的人正是他。看报时我会一边摇头一边纳闷。读着有关他的报道我扪心自问，这个人真是我儿子吗？他真的在做这些事吗？

除了爱发火和不说真话外，他是个好孩子。我找不出任何原因。事情始于那一年夏天的独立日，他差不多有十五岁了吧。我们家的猫特鲁迪不见了，第二天都没回来。第二天晚上，住在我们后面的库珀太太告诉我，特鲁迪那天下午爬到她家后院死了。特鲁迪被弄得遍体鳞伤，但她还是认出了它。库珀先生把尸体埋了。

遍体鳞伤？我说。你说的遍体鳞伤是什么意思？

库珀先生在地里看见两个男孩把鞭炮塞进特鲁迪的耳

朵和它那个你知道的地方。他想制止他们，但他们跑了。

谁，谁会做这样的事情，他看清是谁了吗？

他不认识另一个男孩，但他们中的一个往这边跑。库珀先生觉得就是你儿子。

我摇头。不，这绝对不可能，他绝不会做这样的事，他喜欢特鲁迪，特鲁迪在我家好多年了，不会，不会是我儿子。

那晚我告诉了他特鲁迪的遭遇，他表现得非常震惊，说我们应该悬赏捉拿凶手。他写了个东西并答应把它贴在学校里。但当晚就在他回房间之前，他说别太难过了，妈，它老了，按猫的年纪算，它已经六十五或七十岁了，活得够久了。

他每天下午和星期六在哈特利做搬货工。我在那儿工作的朋友，贝蒂·威尔克斯，告诉了我这个工作，说会帮他说话。那天晚上我向他提了一下，他说好呀，年轻人的工作不好找。

他第一次拿到薪水的那天晚上，我做了他最喜欢吃的晚餐，他进门时所有东西都上了桌。当家的回来啦，我说，抱了抱他。我太为他骄傲了，你挣了多少，宝贝？八十美元，他说。我大吃一惊。太棒了，宝贝，我简直不敢相信。我饿死了，他说，吃饭吧。

我很高兴，但我弄不懂，这比我挣得还多。

洗衣服时，我在他口袋里发现了哈特利发的工资单，二十八美元，他说是八十。他为什么不说真话？我弄不明白。

我会问他，昨晚去哪儿了，亲爱的？他会回答说看戏去了。过后我会发现他去了学校的舞会，或者和什么人开车兜风去了。我就在想这又有什么不同，他为什么不能诚实一点，没有理由对他妈妈说谎呀。

我记得有一次他应该是去参加了学校的实地考察活动，我就问他，你们实地考察时都看到了什么，亲爱的？他耸耸肩，说陆地的形成、火山岩、灰层，我们参观了一百万年前曾是一片大湖的地方，现在那里是一片沙漠。他看着我的眼睛一直讲下去。第二天我收到学校的条子，说他们需要得到家长对实地考察的许可，问是否允许他去。

高中最后一年快结束时，他买了辆车，总不回家。我很担心他的成绩，但他只是笑笑。要知道他是个很优秀的学生，如果您对他有点了解的话，肯定会知道这个。后来，他买了一杆猎枪和一把猎刀。

我很不愿意在家里见到这些东西，就对他说了。他笑笑。他总是用笑来应付你。他说他会把它们放在他车子的后备厢里，那样拿起来反而方便些。

一个星期六的晚上，他没回家。我急得要死。第二天早上十点左右，他回来了，让我给他做早饭，他说外出打猎把他的胃口给撑大了，他说他很抱歉昨晚没回家，他们开了很远才赶到那里。他的话听上去很奇怪。他神色慌张。

你去哪儿了？

去了威纳斯，我们在那儿打了几枪。

你和谁去的，宝贝？

弗雷德。

弗雷德？

他瞪着眼，我没再说什么。

就在那个星期日，我轻手轻脚地走进他房间，去取他的车钥匙。他昨天曾答应晚上下班后，在回家的路上买点做早饭的东西，我以为他可能把它们留在车里了。我看见他床下露出半截的新鞋子上沾满了泥沙。他睁开眼睛。

宝贝，你的鞋子怎么了？看看你的鞋子。

汽油用完了，我只好走着去找油。他坐起来。你管这干吗？

我是你妈妈。

他洗澡时，我拿了钥匙到外面他停车的地方。我打开后备厢，没找到食品。我看见猎枪放在一床棉被上，刀也在那里，我看见他的一件被卷成一团的衬衫，我抖开它来，上面全是血。衬衫是湿的。我丢下了它，关上后备厢往回走，见他正在窗前注视着这边，他打开门。

我忘了对你说了，他说，我鼻子流了很多血，我不知道那件衬衫还洗不洗得出来，还是扔掉算了。他微微一笑。

过了几天我问他工作怎样。很好，他说，涨工资了。但我在街上碰到贝蒂 · 威尔克斯，她说他们都为他不在哈特利干了感到可惜，大家都那么喜欢他，贝蒂·威尔克斯说。

两天后的晚上我躺在床上，但睡不着，我盯着天花板看。我听见他的车在房前停了下来，我听见他把钥匙插进门锁，听见他穿过厨房，沿着过道进了他的房间，随即关上了门。我爬起来。我可以看见他门缝底下漏出的光，我敲了敲，推开了门，说想喝杯热茶吗，宝贝，我睡不着。他正在衣柜那儿弯腰站着，砰的一下关上抽屉冲我发火，出去，他尖叫道，滚出去，我讨厌你监视我，他尖叫着。我回到我的房间一直哭到睡着。那天晚上他伤透了我的心。

第二天早上，我还没见着他，他就起身出门了，但我无所谓。从现在起我就只把他当成个房客，除非他改改自己的行为，我已经忍到极限了。如果他不想让我们变成住在一个屋檐下的陌生人，他得道歉。

那天晚上我回来时，他已经把晚饭做好了。你怎么样？他说，接过了我的外套。今天过得如何？

我说我昨晚没睡，亲爱的。我答应自己不会把这件事说出来，我不是想让你觉得内疚，但我不习惯自己的儿子这样和我说话。

我想给你看样东西，他说，给我看了他正在为他的公民学课程撰写的文章。我确信那是关于国会与最高法院的关系的。（就是那篇为他在毕业典礼上赢得奖状的论文！）我尽力读着它，下定了决心，是时候了。亲爱的，我想和你谈一谈，这年头把孩子带大不容易，像我们这样家里没有父亲的就更难了，需要男人帮助时我们找不到人。你几乎长成大人了，但我对你还是有责任，我觉得我有权要求一些尊重和体谅，对你我尽量做到平等和坦诚。我要听实话，亲爱的，我对你的唯一要求就是，说实话。亲爱的。我喘了口气，假如你有这样一个孩子，当你问他一件事时，任何一件事，他去了哪儿或者他要去哪儿，他自己一人时都做了些什么，任何事，从来没有，他从来没有一次对你说真话，你会是什么感受？你如果问他外面是不是在下雨，回答会是没有，天很好，阳光明媚，我猜他肯定暗自发笑，觉得你已经老到或者糊涂到看不见他的衣服是湿的。他为什么要说谎，你问你自己，我不明白他这样做能得到什么，我不停地问自己这是为什么，但我没有答案。亲爱的，这是为什么？

他什么都不说，一直瞪着眼，他走到我身旁说，我会让你知道的。我要说的是跪下，跪下是我要说的，他说，这是第一个原因。

我跑进我的房间，锁上门。当晚他就走了，带上了他的东西，他想要的东西，走了。信不信由你，我再也没见过他。我在他的毕业典礼上见过他，但那是和很多人一起。我坐在观众席上，看他领他的毕业证书和他文章得的奖状。我听他发言，和大家一起鼓掌。

后来我就回家了。

我再也没见过他。哦，当然，我在电视上见过他，在报纸上见过他的照片。

我知道他参加了海军陆战队，后来又听说他离开了海军陆战队，回东部上大学，然后和那个女孩结了婚，并且从了政。我开始在报纸上见到他的名字，我找到他的地址，给他寄了信，我每隔几个月就给他寄封信，一封回信也没收到。他竞选州长，选上了，现在很有名了。这时我开始担心了。

我的恐惧在增加，开始担惊受怕，我当然不再给他写信，希望他会认为我死了。我搬到这里来，要了个没有编入电话簿的电话号码。后来我不得不把名字改了。如果你是个有权有势的人并想找到什么人，你能找到他们，不会太难。

我应该骄傲才对，但我反而害怕。上周我看见街上有辆车，里面坐着个我知道是在监视我的人，我径直走回家，锁上门。几天前我正躺着呢，电话铃响了又响，我拿起话筒，里面什么声音也没有。

我老了。我是他的母亲。按说我应该是天底下最骄傲的母亲，但我只感到害怕。

谢谢您的来信。我想让人知道。我非常羞愧。

我还想问一下您是怎么知道我的名字和住址的，我一直在祈祷没人会知道。但您知道。您为什么会知道？请告诉我为什么。

您真诚的

鸭子

那天下午起了风，吹来一阵雨点，湖里的鸭子像团黑烟一样扑腾着上岸，去树林里寻找僻静的泥潭。他在屋后劈柴，瞧见鸭子穿过公路，栽进树林后面的沼泽地里。他注意到，除了几组三五成群的，大多数鸭子都成双成对，一拨跟着另一拨。湖面上起了薄雾，天色也暗了下来，他已经看不见对岸的工厂了。他加快了速度，用力把斧头劈进大块的干木头，一下子就把木块劈开，朽木四处飞溅。两棵糖松之间拴着他妻子的晾衣绳，上面挂着的床单、毯子在风中啪啪作响。赶在下雨之前，他来回跑了两趟，把柴火搬到了房子前廊那里。

“晚饭好了！”她在厨房里喊道。

他进到屋里，洗了把脸。吃饭时他们稍稍聊了一会儿，大多与即将到来的里诺[1]之行有关。再工作三天，就可以

① 里诺（Reno），赌城，位于美国内华达州。

领工资、去里诺度周末了。晚饭后，他出门去前廊收拾狩猎用的假鸟。她出来时，他停了下来，她站在门口看着他。

“早上还要去打猎？”

他把目光从她身上移开，看着湖那边。“看这样子，明早肯定是个好天。”她晾着的床单在风中发出噼噼啪啪的声音，一条毯子落在了地上。他冲那边点了点头。“你的东西要湿掉了。”

“本来就没干呢。已经晾了两天了，还是湿的。”

“怎么了？不高兴了？”他说。

“没有啊。”她回到厨房，关上门，隔着窗子看着他。“我只是不喜欢你总是出门，好像从来都不在家里待着。”她冲着窗户说道。呼出来的气凝结在玻璃上，又消失了。他进门后，把假鸟放在墙角，然后去取他的饭盒。她背靠着碗碟橱，双手放在滴水板沿上。他碰了碰她的臀部，又拉了下她的衣服。

“就等着去里诺吧，我们会玩个痛快的。”他说。

她点点头，厨房里很热，她眼皮上有些细小的汗珠。“你一回来，我就起来给你做早饭。”

“睡你的，我更希望你好好睡觉。”他把手伸到她身后，去拿午餐饭盒。

“亲我一下再走。”她说。

他抱了抱她。她用双臂搂紧他的脖子，抱住他：“我爱你。小心开车。”

她来到厨房窗户跟前，看着他跳过一个个水坑，一路小跑到他的小卡车跟前。他从驾驶室里回头时，她挥了挥手。天几乎全黑了，雨下得很大。

看见卡车车灯转进车道时，她正坐在客厅靠窗的一把椅子上，听着收音机和外面的雨声。她连忙站起身，匆匆来到后门口。他在门口站着，她用手指摸了摸他潮湿的橡胶雨衣。

“他们让大家都回家。厂里的头儿心脏病发作。一头栽倒在地上，死了。”

“吓死我了。”她接过他的饭盒，关上门，“是谁？是那个叫梅尔的领班吗？”

“不是，他叫杰克·格兰吉，我猜他五十岁左右。”他走到煤油炉跟前，站在那儿烘手。“天哪，太怪了！他从我干活的地方经过时，还跟我打了个招呼，可能过了还不到五分钟，比尔·贝西就过来告诉我杰克·格兰吉刚刚死在厂里了。”他摇摇头，“就是这样。”

“别去想了。”她说，用双手握住他的手，搓着他的手指头。

“没在想。正好让我碰上了，要我说的话。简直想不到。”

雨抽打着房屋，雨水划过窗户。

“天哪，这儿真热！有啤酒吗？”他说。

“大概还剩一些吧。”她说，跟着他去了厨房。他的头发还是湿的，他坐下时她用手指抹了一下他的头发。她替他打开一罐啤酒，并往自己的杯子里倒了一点。他坐在那儿，看着窗外漆黑的树林，小口小口地喝着啤酒。

他说：“听一个家伙说，他有妻子和两个已经成年的孩子。”

她说：“那个格兰吉，真是太可惜了。你不用上班当然好，但我不希望是因为发生了这样的事。”

“我就是这样告诉那帮小伙子的。我说能回家当然好，但老天，我不希望是因为这个。”他在椅子上移动了一下，“要知道，我觉得大多数人本来会接着上班的，但厂里的几个年轻人说他那样躺在那儿，他们没法干活。”他喝完啤酒，站起身来，“跟你说——我很高兴他们不想干了。”他说。

她说：“我很高兴你也不用干了。你晚上离开时我就有个很奇怪的感觉。我正琢磨着呢，就看见车灯了。”

“他昨晚还在休息室说笑话呢。格兰吉是个大好人，总是乐呵呵的。”

她点点头：“想吃东西的话，我去做一点。”

“我不饿，但我要吃一点。”他说。

他们拉着手坐在客厅里看电视。

“以前我从来没看过这些节目。”他说。

她说：“我一点兴趣都没有。实在没什么值得看的。星期六和星期日还凑合。但工作日晚上没什么好看的。”

他伸直腿，往后靠了靠。他说：“我有点累，想去睡了。”

她说：“我去洗个澡，然后也来睡。”她的手指在他的头发里游动，又从头顶滑下来，抚摩他的脖子。“也许今晚我们可以‘来一点’。我们几乎都没有机会‘来一点’了。”她用另一只手抚摸他的大腿，身子靠过去吻他。“你说呢？”

“主意不错。”他说。他起身走到窗前。他能看见窗子上她被树木衬托出的影子，就在他的侧后方。“宝贝，你先去洗澡，完了我们就上床睡觉。”他说。他在那儿又站了一会儿，看着雨水敲打窗户。他看了一眼表。如果上班的话，现在该是吃中饭的时间了。他进到卧室里，开始脱衣服。

他穿着短裤回到客厅，从地上捡起一本书——《美国人最爱的诗》。他估计是她参加的那个俱乐部寄来的。他在屋里转了一圈，把灯都关了，回到了卧室。他钻到被单下面，把她的枕头放在他的枕头上面，扭转台灯的软管灯臂，好让光线落在书页上。他翻到书的中间，读起诗来。然后，他把书放到床头柜上，又扭了扭台灯，让它对着墙面。他点了支烟，脑袋枕在手臂上，躺在那儿抽烟。他直直地看着墙壁。灯光照出石灰墙上的小裂缝和鼓包。靠近天花板的一个墙角有一张蜘蛛网。他能听见雨落在屋顶上的声音。

她站在浴缸里擦身子。注意到他在看她，她笑了，把浴巾搭在肩上，在浴缸里迈出一小步，摆了个造型。

“看上去怎样？”

“不错。”他说。

“那就好。”她说。

“我还以为你那个……你知道的。”他说。

“对的。”她擦完身子，把浴巾丢在澡盆旁边的地上，优雅地踩在上面。她身旁的镜子上都是蒸汽，她身体的气息一直传到了他那里。她转过身，抬起手去够架子上的盒子。然后把手伸进月经带，理了一下那个白色的垫子。她看着他，试图微笑一下。他把烟按灭，又捧起了书本。

“你在读什么？”她大声问道。

“不知道。狗屁玩意。”他说。他翻到书的背面，开始浏览作者简介。

她关了灯，一边梳着头发，一边从浴室往外走。“你明早还去吗？”她说。

“大概不会去了。”他说。

她说：“太好了。我们可以多睡一会儿，起来后吃顿丰盛的早餐。”

他又伸手拿了一支烟。

她把梳子放进一个抽屉，打开另一个抽屉，取出一件睡衣。

“还记得这是你什么时候买给我的吗？“她说。

他看了她一眼，作为回答。

她绕到他睡的那一侧。他们不作声地躺了一会儿，烟快吸完时他点了下头，她帮他把烟灭掉。他越过她的身体关灯时，吻了一下她的肩膀。“我说，”他重新躺下时说，“我想离开这里，到别的地方去。”她贴紧他，把一条腿放在他两腿之间。他们面对面地侧身躺着，嘴唇几乎碰在了一起。他不知道他呼出的气息是否像她的那样洁净。他说：“我就是想要离开。我们在这儿待得太久了。我想回老家看看父母。或者去俄勒冈，那是个好地方。”

“如果你想那么做的话。”她说。

“我是这么想的，”他说，“有好多地方可以去。”

她动了动，拿过他的手放在她的乳房上。她张开嘴亲吻他，用另一只手把他的头往下按。她慢慢地、一点一点地往上移，把他的头轻轻地移到她的乳房上。他含住她的乳头，用嘴摆弄着它。他试着去想他是多么爱她，或他是否爱她。他能听见她的呼吸声，但同时也能听见雨声。他们就这样躺着。

她说：“不想要也没关系。”

“不是那样的。”他说，不知道自己想说什么。

确定她已经睡着了，他松开了她，朝自己那一侧转过身去。他试着去想里诺。试着去想老虎机和骰子发出的咔嗒声，想着它们怎样在灯光下滚动。他试图听到轮盘赌的小球滑过光亮的轮盘时发出的声音。他想把注意力集中到轮盘上。他看了又看、听了又听，听到锯子和机器的声音慢了下来，最终全部停了下来。

他下床来到窗前。外面黑漆漆的，什么都看不见，连雨也看不见。但是他能听见，雨水从屋顶淌下来，落在窗前的一个水坑里。在房子的各个角落都能听见。他用手指刮过玻璃上的水痕。

回到床上，他往她那儿靠了靠，把手放在她的臀部。“醒醒，宝贝。”他低声说道。她只抖动了一下，反而往她那边挪了挪。她继续睡着。“醒醒，”他轻声说道，“我听见外面有响动。”

这个怎么样?

他们对这趟逃离城市之旅的憧憬已被一扫而空，在第一天傍晚，他们穿过深色的红杉林往北开时便消失殆尽。现在，他对那些连绵起伏的牧场、母牛以及华盛顿州西部孤零零的农舍都不再有什么兴致，没有他真正想要的东西。他曾期待的可不是这些。带着不断增加的绝望和愤怒，他不停地往前开着。

他把车速保持在五十迈，已经是这条路允许的上限了。他脑门上沾着汗珠，上嘴唇上也是，周围空气中弥漫着一股刺鼻的三叶草味。地形开始变化：公路突然下沉，穿过一个涵洞，又升了起来，随后，柏油路到了头，车子行驶在乡村的土路上，尾部扬起的尘土形成一道长长的轨迹。当他们经过几棵枫树后面一栋烧毁的老房子的地基时，埃米莉摘掉了墨镜，身体前倾，盯着它看。

“这是老欧文的家，”她说，“他是爸爸的朋友。他家阁楼上有一个酿酒的蒸馏器，他还养了一大群拉车的马，带着它们去每一个集市。他阑尾穿孔死掉的那年我大约十岁。一年后的圣诞节，这栋房子失火烧毁了。这之后他们搬去了布雷默顿。”

“是吗？”他说，“圣诞节。”接着又说：“我该右转还是左转？埃米莉？向右还是向左？”

“左，”她说，“向左。”

她重新戴上眼镜，没一会儿又摘了下来。“沿着这条路开，哈里，直到下一个十字路口。然后右转。没多远了。”她不停地抽烟，一支接一支，一言不发地看着车外收割完的农田、孤零零伫立着的冷杉和偶尔出现的饱经风霜的房屋。

他换到低速挡，右转。路逐渐下坡，通向一个树木不算茂密的山谷。前方很远的地方应该是加拿大——他推测。一条山脉，这条山脉的后面则是更黑、更高的山脉。

“有条小路，”她说，“在谷底。就是那条。”

他小心翼翼地转了个弯，沿着布满车辙的小路慢慢往前开，等待着那栋房子最初的浮现。埃米莉坐在他旁边，有点坐立不安，他看得出来。她又抽起烟来，也在等待着第一瞥的到来。垂落的树杈扫到了挡风玻璃，他眨了眨眼。她的身体稍稍前倾，一只手扶着他的大腿。“就要到了。”她说。他把车速减慢到几乎停了下来，先开过一个左边茂密的草丛里流出的溪水形成的清澈的小水塘，接着开进一簇山茱萸里，山茱萸刮擦着沿小路攀爬的车身两侧。“就是它。”她说，把手从他腿上移开。

不安地扫了第一眼后，他把目光折回到路上。直到把车子停在靠近前门的地方，他才再次看了看这栋房子。随后，他舔了舔嘴唇，转向她，想微笑一下。

“嗯，到了。”他说。

她正看着他，根本没看那栋房子。

哈里一直居住在城市里——过去三年住在旧金山，这之前是洛杉矶、芝加哥和纽约。很久以前他就想搬到乡下去住，乡下的某个地方。最初他不确定到底要去哪里。他只知道自己想离开城市，然后重新开始。他要过一种简单的生活，只要几样最基本的东西，他说。他三十二岁，算是个作家，同时也是演员和音乐人。他吹萨克斯管，偶尔参加“湾区城市演奏者”乐队的演出，正在写自己的第一部长篇小说。自从在纽约住下来之后，他就在写这部长篇。三月的一个寒冷的星期日下午，当他再次说起要寻求改变，要去乡下过一种更诚实的生活时，她提到了——起先只是开开玩笑——她父亲在华盛顿州西北部那栋荒废多年的房屋。

“我的天哪，”哈里说，“你不会介意吗？我是说过简陋的生活？住在乡下？”

“我是在那里出生的，”她说着大笑起来，“你忘啦？我在乡下住过。这没什么。乡下有乡下的好处。我还可以回那里住。但是我不知道你会怎样，哈里，不知道这对你有没有好处。”

她一直看着他，这会儿变得认真了。近来他发觉她老是在看他。

“你不会后悔吧？”他说，“放弃这里的东西。”

“我本来就没有太多不能放弃的东西，不是吗，哈里？”她耸耸肩，“不过我不想怂恿你，哈里。”

“你可以在那里画画吗？”他问。

“我在哪儿都能画，”她说，“而且，贝灵厄姆[1]就在附

① 华盛顿州的一个城市。

近，那里有一所大学。温哥华和西雅图也不远。”她一直看着他。她坐在凳子上，把玩着手里的两把画刷，面前是一幅黯淡的、未完成的一男一女的肖像画。

那是三个月以前。这件事他们谈了又谈，现在他们来了。

他轻轻地敲了敲靠近前门的墙。“结实。根基很坚固。有了一个坚固的根基，主要的问题就解决了。”他的眼睛躲避着她。她很聪明，也许已经从他的眼睛里看出了什么。

“我告诉过你不要抱太大希望。”她说。

“是的，你说过。我记得很清楚。”他说，仍然不去看她。他用指关节又敲了一下光秃秃的木板，从她身边走了过去。下午潮湿闷热，他穿着白色的牛仔裤和拖鞋，衬衫袖子卷了起来。“很安静，是不是？”

“和城里大不一样。”

“天哪，真的是……也很漂亮。”他试图笑一下，“稍微整修一下，就可以了。就一下。假如我们想待在这里的话，这会是个不错的住处。起码没有邻居来骚扰我们。”

“我小时候是有邻居的。”她说，“要见他们你得开车去，但他们是邻居。”

门没有完全打开。门的上铰链松了。没什么大不了的，哈里判断。他们慢悠悠地从一个房间走到另一个房间。他努力掩饰着自己的失望，又敲了两次墙壁，说："结实。"或者："不再有人这样盖房子了。这样的房子可以派上很多用场。"

她在一个大房间前面停下来，深吸了一口气。

"你的？"

她摇摇头。

"我们能从你姑姑埃尔希那里借来必需的家具吧？"

"当然可以，如果我们需要。"她说，"我是说，如果我们打算待在这里的话，我不勉强你。现在回去还不晚。什么损失都没有。"

他们在厨房里发现一个烧木头的炉子，还有一张靠墙立着的床垫。再次回到起居室里时，他四下看了看，说："我以为会有一个壁炉。"

"我可从来没说过有壁炉。"

"不知怎么搞的，我就是觉得会有一个壁炉……也没有插座。"过了一会儿，他说。然后，他又说："没电！"

"也没有卫生间。"她说。

他舔湿嘴唇。“嗯。”他说，转过身去检查墙角的某个东西。“我想我们可以在一间房间里装上澡盆什么的，再找人来把下水管道接通。不过电就是另外一回事了，是不是？我是说，等遇到问题时我们再来处理吧。一件一件来，是吧？你觉得呢？别让……别让这些事扫了我们的兴，好不好？”

“我希望你别再说了。”

她转身走了出去。

一分钟后，他跳下台阶，吸了一口外面的空气，他们俩都点了烟。草地尽头飞起一群乌鸦，它们缓慢无声地飞进了树林。他们朝谷仓走去，中途停下来查看已经枯萎的苹果树。他折下一根小枯枝，在手里转动着，她站在他身边吸烟。这是一个安安静静、多少有那么点吸引力的乡村，他感觉到了某种有可能属于他的永恒的东西，一种真正的永恒，这让他感到愉悦。这座小小的果园给了他一份突然的感动。

“只需要浇浇水，再照料一下，”他说，“就能让它们重新长出果子。”他似乎看见自己提着柳条篮走出家门，采摘又红又大、还沾着晨露的苹果，他知道这个想法对他很有吸引力。

走近谷仓后，他振作了一点。他粗略地查看了一下钉在门上的旧车牌。绿色、黄色和白色的华盛顿州车牌，都生了锈，1922—23—24—25—26—27—28—29—34—36—37—40—41—1949。他研究着这些日期，好像它们的顺序有助于解开某个密码。他掀开木头门闩，推拉了几下沉重的大门，直到它完全打开。里面的空气闻起来不太新鲜，不过他觉得还不算难闻。

“冬天这里经常下雨，”她说，“我不记得六月里有这么热过。”阳光穿过屋顶的裂缝照射下来。“有一次爸爸在禁猎期间打了一只鹿。那时我——记不太清了——八岁还是九岁，差不多吧。”她转向他时，他正停在大门附近，查看挂在钉子上的旧马具。“护猎员的车子开进院子的时候，爸爸正带着那只鹿待在谷仓里。天已经黑了。妈妈让我来这里找爸爸。那个大块头的护猎员戴着一顶帽子，跟着我一起过来了。爸爸提着一盏煤油灯，正从阁楼上下来。他和护猎员聊了一会儿。那只鹿就挂在那里，不过护猎员没说什么。他请爸爸嚼他的烟草，爸爸谢绝了——他从来就不喜欢那东西，即使在那种情况下也不愿意接受。随后护猎员扯了扯我的耳朵，走了。不过我不愿意去想那些事了。”她飞快地加了一句。“我已经有好多年不去想那些事了。我不想作比较。”她说。“不想。”她说。她退后一步，摇了摇头。“我不会哭的。我知道这听上去特夸张，真是蠢到家了，真对不起，我又蠢又戏剧化。不过，实际上，哈里……”她又摇起头来，“我也不知道，也许回到这里是个错误。我能感觉到你的失望。”

“你并不知道。”他说。

“是的，是这样，我不知道，”她说，“对不起，我真的不是想要影响你。不过我觉得你不想待在这里。不是吗？”

他耸耸肩。

他拿出一支烟，她把它从他手里接过去，拿着烟，等着火柴，等着他的目光越过火柴，与她自己的目光相遇。

“小时候，”她继续说道，“我希望长大了能进马戏团。我不想当护士或教师，也不想当画家。那时我根本不想成为画家。我想做埃米莉·霍纳，走钢丝的艺术家。对我来说这是天大的一件事。我过去常在谷仓这里练习走木杆。

那边的那根大木杆，我在上面走了好几百次。”她本来还想要说些别的，却猛吸了几口烟，用脚后跟把烟踩灭，再仔细地把烟蒂踩进泥土里。

他听见谷仓外面有只鸟在叫，随后又听见阁楼木板上传来的细碎脚步声。她经过他身旁，来到外面的光线里，穿过浓密的草丛，朝房子慢慢走去。

“我们该怎么办，埃米莉？”他在她身后喊道。

她停了下来，他走到她身旁。

“活下去。”她说。随后她摇摇头，无力地笑了。她碰了一下他的胳膊：“天哪，估计我们处在一个很尴尬的境地，是不是？不过我能说的也就这些了，哈里。”

“我们得做个决定。”他说，并不知道自己到底想说什么。

“你决定，哈里，如果你还没有决定的话。决定权在你。我随时可以回去——假如这么做能让你轻松一点的话。我们可以在埃尔希姑姑那里住上一两天，然后再回去。行吗？不过先给我一根烟，可以吗？我要去房子那里看看。”

他走近她，以为他们会拥抱。他想要拥抱。可是她只是定定地看着他，一动不动，他只好用食指碰了碰她的鼻子，说：“待会儿见。”

目送她离去后，他看了看表，转过身，穿过草地朝树林慢慢走去。草没过了他的膝盖。就在即将进入树林之前，草变得稀疏了，他发现了一条小径。他揉了揉墨镜压着的鼻梁，回望了一下房子和谷仓，又继续往前走，走得很慢。一团蚊子跟随着他的头移动着。他停下来，点着一支烟，挥手赶走蚊子。他又回头看了一眼，不过已经看不见房子和谷仓了。他站在那里抽烟，开始感受到草地、树林以及树林后面的阴影中蕴藏的寂静。难道这不正是他所渴望的吗？他继续往前走，想找一个可以坐的地方。

他又点了一支烟，靠在一棵树上，捡起两腿之间松土上的几片碎木屑。他抽着烟。他想起了放在车后座一堆东西顶上的那一卷盖尔德罗德[1]的剧本，随后回想着早晨开车经过的那些小镇——芬代尔、林丁、卡斯特、诺克萨克。他突然想起厨房里的那张床垫。他知道它让他产生恐惧。他试图想象埃米莉在谷仓那根大木杆上行走，这也令他感

① 米歇尔·德·盖尔德罗德（Michel de Ghelderode，1898—1963），比利时剧作家，一生写过六十余部剧作。

到了恐惧。他抽着烟。总的来说，他觉得自己还算镇定。他不会待在这里的，他清楚这一点，不过现在他已经不再因此而感到懊恼了。他为能够如此了解自己而感到欣慰。他不会有事的，他断定。他才三十二岁，还不算太老。他此刻正处在一个尴尬的位置。他承认这一点。不管怎么说，他认为这就是生活。难道不是吗？他灭掉手里的烟。没过多久，又点着了一根。

当他绕过房子的一角时，看见她正在做侧手翻。她落地稍稍有点重，身体微微蹲着，这时她看见了他。

“嗨！”她喊道，有点严肃地一笑。

她踮着脚站着，双手分开举过头顶，然后向前侧倾。在他的注视下，她又做了两个侧手翻，然后大喊道：“这个怎么样！”她的双手轻轻着地，保持着平衡，摇摇晃晃地朝他的方向前进。她脸涨得通红，衬衫落到了下巴上，腿疯狂地舞动着，朝着他一路翻过来。“你决定了吗？”她说，有点气喘吁吁的。

他点点头。

“怎么着？”她说。她肩头着地，扑倒在地上，再转过身来仰面躺着，抬起一只胳膊遮住照进眼睛里的阳光，像是在展露她的乳房。

她说：“哈里。”

在用最后一根火柴点烟的时候，他的手颤抖起来。火柴灭了，他手拿空火柴盒和香烟站在那里，直愣愣地看着亮晃晃的草地尽头连绵不断的树林。

“哈里，我们必须彼此相爱。”她说。“我们只有彼此相爱才行。”她说。

自行车、肌肉和香烟

埃文·哈密尔顿戒烟已经有两天了，对他来说，两天来嘴里说的和脑子里想的，似乎都与烟有关。他在厨房的灯光下看着自己的手。他闻了闻手指头和指关节。

“我闻得到它。”他说。

“我知道，就像是从你身体里流出来的一样。”安·哈密尔顿说，“我戒了三天后还闻得到。甚至洗完澡以后。真讨厌。”她正在把晚餐端上桌。“我真替你难受，亲爱的，我知道你正在经受什么。但是，如果说这算是安慰的话，第二天是最难熬的。当然，第三天也不容易，但再往后，如果能坚持那么久的话，你就过了这个坎了。你这么认真地戒烟真让我高兴。我都不知道说什么好。”她碰了一下他的胳膊，“现在，如果你去把罗杰叫回来，我们就开饭。”

哈密尔顿打开前门。天已经黑了。已经是十一月初，白天变得又短又冷。车道上，一个他不认识的大男孩骑在一辆配置齐全的小自行车上。他身体前倾，屁股稍稍离开车座，脚尖点着人行道，身体直立着。

“你是哈密尔顿先生？”男孩说。

“是的，我是，”哈密尔顿说，“怎么了？罗杰出事了？

“我估计罗杰现在在我家，正和我妈谈话呢。奇普也在那里，还有那个叫加里·伯曼的男孩。和我弟弟的自行车有关。我不是很清楚。”男孩拧着车把手说，“我妈让我来找你，罗杰的家长。”

“他没事吧？”哈密尔顿说，“好的，那当然，我马上跟你走。”

他回家穿鞋子。

“找到他了吗？”安·哈密尔顿说。

“他遇到了点麻烦，”哈密尔顿答道，“和自行车有关。外面有个男孩，我没听清楚他的名字。他让一个家长跟他去他家。”

“他没事吧？”安·哈密尔顿说，脱掉她的围裙。

“当然，他没事。”哈密尔顿看着她，摇摇头。“听上去像是小孩之间的争吵，男孩的母亲也掺和进去了。”

“你想让我去吗？”安·哈密尔顿问道。

他想了一会儿说："想，我倒是情愿你去。但还是我去吧。等我们回来再开饭。不会很久的。"

"我不喜欢他天黑了还出门，"安·哈密尔顿说，"不喜欢。"

男孩坐在自行车上，在摆弄手刹。

"有多远？"他们走在人行道上，哈密尔顿问。

"在阿巴克尔球场那边。"男孩回答，见哈密尔顿看着他，加了一句，"不远，过两条街就到了。"

"大概什么事？"哈密尔顿问道。

"我不太确定。我对整件事不是很清楚。他和奇普还有加里·伯曼原来计划在我们度假时用我弟弟的自行车，我估计他们把它给撞坏了。是故意的。但我不是很清楚。不管怎样，他们正在谈这个。我弟弟的车子找不到了，是他们最后用的它，奇普和罗杰。我妈正在想办法弄清楚车子到底在哪里。"

"我认识奇普，"哈密尔顿说，"另外一个男孩是谁？"

"加里·伯曼。我猜他是新搬来的。他爸下班后马上就会过来。"

他们拐了个弯。男孩独自骑在前面，保持着一点距离。哈密尔顿看见一座果园，然后他们又拐了个弯，进了一条死胡同。他从来不知道有这么一条街，更不用说认识街上住着的人了。他看着周围这些不熟悉的房子，惊讶于儿子竟然有这么大的活动范围。

男孩拐上一条车道，下了自行车，让车子靠着房子。男孩打开前门后，哈密尔顿跟着他穿过客厅来到厨房，看见儿子和奇普·霍利斯特以及另外一个男孩坐在桌子的一侧。哈密尔顿仔细看了看罗杰，然后看向坐在桌首的矮胖的黑发妇人。

“你是罗杰的父亲吗？”妇人对他说。

“是的，我叫埃文·哈密尔顿。晚上好。”

“我是米勒太太，吉尔伯特的母亲。”她说，“很抱歉让你过来，我们有点小麻烦。”

哈密尔顿在桌子另一端的一把椅子上坐下，四处看了看。妇人旁边坐着一个九到十岁的男孩，哈密尔顿估计是那个丢了自行车的。另一个男孩，十四岁左右的样子，坐在滴水板上，晃荡着两条腿，看着另一个正在打电话的男孩。那个男孩还在想着刚从电话里听到的什么，脸上露出狡黠的笑容，他拿着香烟，伸到水池边上。哈密尔顿听见了烟在水杯里熄灭的声音。带他来的男孩抱着胳膊靠在冰箱上。

“找到奇普的家长了吗？”妇人对这个男孩说。

“他姐姐说他们买东西去了。我去了加里·伯曼家，他爸爸说他一会儿就过来。我留了地址。”

“哈密尔顿先生，”妇人说，“让我告诉你这是怎么回事。上个月我们去度假，奇普想借吉尔伯特的自行车，这样罗杰就可以帮奇普送报纸。我估计罗杰自己车子的轮胎瘪了还是怎么了。嗯，结果呢……”

“加里掐我的脖子，爸爸。”罗杰说。

“什么？”哈密尔顿说，仔细看着儿子。

“他掐我的脖子。我这儿有印子。”他儿子拉下T恤衫的领口，给他看自己的脖子。

“他们在外面的车库那儿，”妇人接着说，“我不知道他们在干吗，直到科特，我家老大，出去看了。”

“是他起的头！”加里·伯曼对哈密尔顿说，“他骂我是个白痴。”加里·伯曼看着前门。

“我的车值六十块，伙计们。”叫吉尔伯特的男孩说，“你们可以赔我现钱。”

“没你说话的分儿，吉尔伯特。”妇人对他说。

哈密尔顿呼出一口气。“接着说。”他说。

“喔，结果呢，奇普和罗杰用吉尔伯特的自行车来帮奇普送报，然后这两人，还有加里，他们说，轮流滚它。”

“你说的‘滚它’是什么意思？”哈密尔顿说。

“滚它，”妇人说，“就是把它沿着街道用力向前推，让它摔倒在地上。后来，请注意——他们几分钟前刚承认——奇普和罗杰把车子带到学校，把它往球门柱上摔。”

“这是真的吗，罗杰？”哈密尔顿说，又看了看他儿子。

“有些是真的，爸爸。”罗杰说，垂下目光，用手指在桌子上刮来刮去。“但我们只滚了一次。奇普先干的，然后是加里，再后来我也干了。”

“一次就已经很过分了，”哈密尔顿说，“一次就已经等于很多次了，罗杰，我很吃惊，对你很失望。还有你，奇普。”哈密尔顿说。

“但你看，”妇人说，“今晚有人在撒谎，或者说没把他知道的都说出来，实际的情况是自行车还没有找到。”

厨房里的大男孩们一边笑，一边逗着还在打电话的男孩。

“我们不知道车子在哪里，米勒太太。”叫奇普的男孩说，“我们已经跟你说了，最后一次见着它是我和罗杰把它从学校带回我家。我是说，那是倒数第二次。最后的一次是第二天早上我把它带到这里来，放在房子后面了。”他摇摇头。“我们不知道它去哪里了。”男孩说。

“六十块，”叫吉尔伯特的男孩对叫奇普的男孩说，“你可以每星期付我五块钱。”

“吉尔伯特，我警告你。”妇人说。“你看，他们声称，”妇人皱起眉头，继续说道，“车子是在这里丢掉的，在房子后面。但他们今天晚上不是很诚实，这怎么能让我们相信他们？”

“我们说的都是实话，”罗杰说，“每一句都是。”

吉尔伯特向后靠在椅子上，冲着哈密尔顿的儿子摇头。

门铃响了起来，坐在滴水板上的男孩跳下地，走进客厅。

一个宽肩膀、剃平头、长着一双锋利灰眼睛的男人一言不发地走进厨房。他瞥了妇人一眼，站到了加里·伯曼椅子的背后。

“你一定就是伯曼先生了？”妇人说，“很高兴见到你。我是吉尔伯特的母亲，这位是哈密尔顿先生，罗杰的父亲。”

男人对哈密尔顿点了点头，但没有伸出手来。

“这都是怎么回事？”伯曼对他儿子说道。

坐在桌旁的孩子们立刻一齐说了起来。

“别吵！”伯曼说，“我在和加里说话。有你们说话的机会。”

男孩开始讲他的故事。他父亲仔细地听着，不时眯着眼瞅瞅另外两个男孩。

加里·伯曼说完后，妇人说：“我想知道这件事的真相。我不是在为难他们中的哪一个，你们知道的，哈密尔顿先生，伯曼先生——我只想知道这件事的真相。”她定定地看着罗杰和奇普，他们正冲着加里·伯曼摇头。

“你没说真话，加里。”罗杰说。

“爸，我可以单独和你说会儿话吗？”加里·伯曼说。

“我们走。”男人说，他们进了客厅。

哈密尔顿看着他们离开。他感到自己应该阻止他们，阻止这种隐秘。他的手掌湿了，他伸手去上衣口袋里掏烟。然后，深深地吐了口气，他用手背在鼻子下面抹了一下，说：

“罗杰，除了你说过的，你还知道什么？你知道吉尔伯特的车子在哪里吗？”

“不知道，我不知道。”男孩说，“我发誓。”

“你最后一次见到车子是什么时候？”哈密尔顿说。

“是我们把它从学校带回家，留在奇普家的时候。”

“奇普，”哈密尔顿说，“你知道吉尔伯特的车子现在在哪里吗？”

“我发誓，我也不知道，”男孩回答说，“我们在学校用过后的第二天早上，我就把它带到这里了，放在了车库的后面。”

“我记得你说过是放在房子的后面。”妇人飞快地说。

“我是想说房子！我就是这个意思。”男孩说。

“你后来有没有再回来骑过它？”她说，身子前倾。

“没有，我没有。”奇普答道。

“奇普？”她说。

“我没有！我不知道它在哪里！”男孩大叫。

妇人抬起肩膀又放下。“你怎么知道该相信谁，又该相信什么？”她对哈密尔顿说：“我只知道，吉尔伯特丢了一辆自行车。”

加里·伯曼和他父亲走进厨房。

“滚车子是罗杰的主意。”加里·伯曼说。

“是你的！”罗杰说，他从椅子上跳了下来。“是你要这样做的！后来你想把车子带到果园里拆了！”

“你闭嘴！”伯曼对罗杰说，“跟你说话时你才能说，年轻人，先别开口。加里，我来处理这件事——两个无赖弄得别人晚上不能在家待着！现在，你们中的哪一个，”伯曼说，先看看奇普，然后是罗杰，“如果知道这个孩子的车子在哪儿，我奉劝你们现在就说出来。”

“我觉得你过分了。”哈密尔顿说。

“什么？”伯曼说，他的额头暗了下来。“我觉得你最好把你自己的事管好！”

“我们走，罗杰。”哈密尔顿说，站了起来。“奇普，你不想走的话就留下。”他转向妇人：“我不知道今晚我们还能做什么。我打算就这事再和罗杰谈一谈，如果要说赔偿，我觉得既然罗杰参与了对车子的破坏，真走到那一步的话，他会付三分之一的钱。”

“我不知道该说什么，”妇人回答道，跟着哈密尔顿走过客厅。“我会和吉尔伯特的父亲谈一谈——他外出了。再说吧。也许只能这样了，但我会先和他父亲谈一谈。”

哈密尔顿侧过身，好让孩子们先走到外面的阳台上，他听见身后加里·伯曼在说：“他骂我是白痴，爸。”

“他骂了，是吗？”哈密尔顿听见伯曼在说。“要我说，他才是个白痴，他看上去就像个白痴。”

哈密尔顿转身说道：“我觉得你今晚非常过分，伯曼先生。你为什么不控制一下自己？”

“我告诉过你别多管闲事！”伯曼说。

“你回家去，罗杰。”哈密尔顿说，湿了湿嘴唇。“听我的话，”他说，“回去！”罗杰和奇普上了人行道。哈密尔顿站在门口，看着伯曼，他正和他儿子穿过客厅。

“哈密尔顿先生。”妇人紧张地开口，但没把话说完。

“你想干吗？”伯曼对他说，“小心点，别挡我的道！”伯曼蹭了一下哈密尔顿的肩膀，哈密尔顿从阳台上跌进多刺的灌木丛里。他简直不敢相信眼前的事情。他从灌木丛里爬出来，向站在阳台上的男人猛冲过去。他们重重地摔倒在草坪上。他们在草坪上翻滚着，哈密尔顿把伯曼压在了身下，用膝盖狠狠压他的二头肌。他抓住伯曼的领子，把他的头往草地上撞，妇人哭喊道："老天爷，快拉住他们！看在老天的分上，快给警察打电话！"

哈密尔顿停了下来。

伯曼向上看着他，说："放开我。"

"你们没事吧？"男人们松开手时，她冲他们喊道。"看在老天的分上。"她说。她看着他们，他们隔开几步，背对背站着，都在喘粗气。刚才那些大男孩都挤在阳台上看，现在结束了，他们看着这两个男人，等着，然后开始假装打架，用拳头捅对方的胳膊和肋骨。

"你们这帮孩子都回屋里去。"妇人说，"我从没想到会这样。"她把手放在心口上。

哈密尔顿在冒汗，当他猛吸一口气时，肺里就像着了火一样。嗓子里像是塞进了一团东西，让他有一阵无法下咽。他开始往回走，儿子和那个叫奇普的男孩走在他的两边。他听见摔车门的声音，引擎发动了，车灯划过走在路上的他。

罗杰抽泣了一声，哈密尔顿用胳膊搂住男孩的肩膀。

"我得赶紧回家了，"奇普说着哭了起来，"我爸会找我的。"他跑着离开了。

“对不起,”哈密尔顿说,“很抱歉不得不让你看到这些。”哈密尔顿对儿子说。

他们一直往前走，到了他们家的街区时，哈密尔顿移开了他的胳膊。

“如果他拿起一把刀呢，爸？或者一根棍子？”

“他不会那么做的。”哈密尔顿说。

“但他如果那么做了呢？”他儿子说。

“人在生气时会做什么确实很难说。”哈密尔顿说。

他们往家走去。当哈密尔顿看见被灯光照亮的窗户时，他有点感动。

“让我摸一下你的肌肉。”他儿子说。

“现在不行,”哈密尔顿说,“你现在就进去吃晚饭，然后赶紧去睡觉。告诉你妈我没事，我要在阳台上坐一会儿。”

男孩看着他的父亲，晃晃一条腿，再晃晃另一条，然后向家里飞奔，同时大喊:“妈！妈！”

他坐在阳台上，背靠着车库的墙，伸开双腿。额头上的汗已经干了。他感到衣服里面湿冷湿冷的。

他曾经见到过一次他父亲（一个脸色苍白，说话慢声慢调，耷拉着肩膀的男人）卷入类似的事件里。那次很糟糕，两个人都受了伤。事情发生在一家餐厅里，另一个男人是个农场工人。哈密尔顿很爱他的父亲，能够回想起很多和他有关的事情。但现在他只想着那次斗殴，好像这就是那个男人的全部。

妻子出来时，他还在阳台上坐着。

“我的老天，”她说，用手捧住他的头，“回家洗个澡，吃点东西，然后告诉我这是怎么回事。饭菜还热着呢。罗杰已经上床了。”

但他听见儿子在叫他。

“他还没睡着。”她说。

“我去一小会儿，”哈密尔顿说，“过后我们也许该喝上一杯。”

她摇了摇头：“我还是根本无法相信。”

他走进男孩的房间，在床脚坐了下来。

“这么晚了，你还没睡，我进来道个晚安。”哈密尔顿说。

“晚安。”男孩说，他把手放在脖子后面，胳膊肘向上支着。

男孩穿着睡衣，身上散发着一股清香，哈密尔顿深吸了一口气。他隔着被子拍了拍儿子。

“从现在起你老实一点。再也别去那种地方了，别再让我听见你损坏了一辆自行车或任何别人的物品。听清楚了吗？”哈密尔顿说。

男孩点点头。他把手从脖子后面拿出来，开始在床单上捡什么东西。

“好了，”哈密尔顿说，“我要说晚安了。”

他倾身亲吻儿子，但儿子开了口。

“爸，爷爷和你一样壮吗？他和你一样大的时候，我是说，你知道，你……”

“在我九岁的时候？你是说这个吗？是的，我想他很壮。”哈密尔顿说。

“有时我几乎都想不起他来了，”男孩说，“我不想忘记他或是怎样，你知道吗？你知道我的意思吗，爸？”

见哈密尔顿没有马上回答，男孩接着往下说：“你小的时候，你和他就像你和我一样吗？你爱他超过爱我吗？还是一样？”男孩很突然地说了这些。他在被子下面动了动脚，移开了视线。见哈密尔顿还是没有回答，男孩说：“他抽烟吗？我还记得有个烟斗一样的东西。”

“他去世前开始抽烟斗，是的，”哈密尔顿说，“他很久以前开始抽烟，后来因为一些事情变得很沮丧，就戒了。再后来，他换了牌子又抽了起来。我给你看个东西，”哈密尔顿说，“闻闻我的手背。”

男孩拿起他的手，闻了闻，说：“我什么都没闻到，爸，是什么？”

哈密尔顿闻了闻手，又闻了闻手指。“我现在也闻不到了。”他说，“刚才还在那儿，现在没了。”也许是被吓跑了，他想。“我想给你看样东西。算了，太晚了。你赶紧睡吧。”哈密尔顿说。

男孩侧过身来，看着他父亲向门口走去，看他把手放在了灯的开关上。男孩说：“爸，你会觉得我在发神经，但我真希望你小的时候我就认识你。我是说，和我现在一样大的时候。我不知道怎么说才好，但我有时会觉得孤单。就好像——就好像刚一想起这些事，我就已经开始想你了。这实在是发神经，是不是呀？不说了，请别把门关上。”

哈密尔顿想让房门开着，稍后改了主意，把门带上了一半。

怎么了？

那辆车必须尽快脱手，利奥让托妮去办这件事。托妮精明能干，而且有个性。她过去曾挨家挨户推销儿童百科全书。尽管他那时没有孩子，她还是让他签下了订单。后来，利奥和她约会，一直发展到了现在。这必须是一笔现金交易，而且，今晚就得成交。明天，他们的一个债主就可能把这辆车收了做抵押。下星期一，他们就得上法庭，成为无家可归的人。昨天，他们的律师寄来几封说明意图的信后，有关他们的闲言碎语就传开了。律师说，星期一的听证会没什么可担心的，会问他们一些问题，再让他们签几份文件，仅此而已。但是，卖了那辆敞篷车，他说，就今天，今天晚上。他们可以留下利奥的那辆小车，这没问题。但如果他们开着那辆大敞篷车去法庭的话，法庭一定会把它没收。事情就是这样。

托妮在穿衣打扮。已经下午四点了，利奥担心卖车的地方会关门，可托妮还是不慌不忙地打扮着。她穿了一件白色的新衬衣，宽花边袖口，新西服套装，新高跟鞋。她把草编钱包中的东西放进新黑漆皮手提包里。她检查了一下那只蜥蜴皮的化妆袋，把它也装了进去。托妮在妆发上花了两个多小时。利奥站在卧室的走道里，用指关节敲着嘴唇，看着她。

“你弄得我很紧张，”她说，“别老那么站着，”她说，“我看上去怎么样。”

“你看上去很不错，”他说，“你看上去非常棒。任何时候我都愿意从你这儿买辆车。”

“但你没钱，”她边说边瞟了一眼镜子，压压头发，皱了一下眉头。“你信用极差，一无所有。”她说。“逗你玩呢。”她从镜子里看着他。“别当真，”她说，“这事得办，我会去办的。如果让你去，能弄个三四百块就算你走运了，咱们俩都知道。宝贝，其实只要你不倒找钱给他们，就算是走了大运了。”她最后一次拍了拍头发，抿了下嘴唇，再用纸巾把多余的唇膏擦掉。她从镜子前转过身来，拿起她的包。“我得和他们吃顿饭什么的，我告诉过你，这是他们的规矩，我了解他们。不过别担心，我会脱身的，”她说，

“我应付得了。”

“天，”利奥说，“你非得说这些吗？”

她一动不动地看着他。“祝我好运。”她说。

“好运。”他说。“带上那张粉色单子了吗？”他说。

她点点头。他跟着她穿过房子。她是个高个子女人，有小而挺立的乳房，宽厚的臀部和大腿。他挠了一下脖子上的疙瘩。“你确定吗？”他说，“再看看，没那张粉色单子是不行的。”

“带上了。”她说。

“再看看。”

她张嘴想说些什么，结果只是在面前那扇窗子上看了一眼自己，然后摇了摇头。

“至少打个电话回来，”他说，“让我知道事情的进展。”

“我会打的，”她说，“亲亲我，亲亲。这儿。”她说，指着嘴角。“小心点。”她说。

他为她打开门。“你先从哪儿开始？”他说。她从他身边走过，来到了前廊。

马路对面的厄内斯特·威廉姆斯在向这边张望。他穿着百慕大短裤，肚皮耷拉着，一边给秋海棠浇水，一边看着利奥和托妮。有一次，去年冬天的一个假日里，托妮带孩子去了利奥母亲家，他把一个女人带回了家。第二天，一个寒冷、有雾的星期六，早晨九点，利奥送那个女人上车，让拿着报纸站在路边的威廉姆斯吃了一惊。雾散开了，厄内斯特·威廉姆斯盯着他们看了一会儿，然后用报纸在自己的腿上狠狠拍了一下。

利奥想起了那一拍，耸起肩，说："你想好先去哪一家了吗？"

"我就顺着往前走，"她说，"先去第一家，然后一路往下走。"

"从九百块开始要价，"他说，"然后往下降。即使是现金交易，九百已经是蓝皮书[1]上的低价了。"

"我知道该怎么开价。"她说。

厄内斯特·威廉姆斯把水管转向他们这边。他在水雾后面瞧着他们。利奥有了股忏悔的冲动。

"一定要敲定。"他说。

"好的，知道了，"她说，"我走了。"

这是她的车，他们都称它为她的车子，这使得一切更

① 美国二手车市场上汇编旧车参考售价的小册子。

加糟糕。三年前的夏天，他们买了这辆全新的车。孩子们上学以后，她想做点事，就又回去跑销售。他在纤维玻璃厂上班，一周干六天。有一段时间，他们钱多得不知道该怎么花。后来，他们就在这轿车上先付了一千美元，然后每月都以分期付款数目的两到三倍来还款，一年内，他们就还清了贷款。刚才，在她穿衣打扮的时候，他把备用胎和千斤顶从车子的后行李箱里取了出来，又把乘客座前放铅笔、火柴和邮票的箱子腾空，先把车子的外面洗了一遍，再用吸尘器把里面吸干净。汽车的红色前盖和挡泥板亮闪闪的。

“祝你好运。”他说，碰碰她的胳膊肘。

她点点头。看得出来她的思绪已经不在这儿了，已经在讨价还价了。

“一切都将会不同！”她走上自家车道时，他朝她喊道，“下星期一，我们从头来过。我说话算话。”

厄内斯特·威廉姆斯望着他们，转过头，吐了一口唾沫。她坐进汽车，点燃一支烟。

“下星期的这时候！”利奥又叫喊道，“一切都将成为历史！”

她把车倒上马路，他挥了挥手。她换了挡，向前开去。加速时，轮胎发出低声的呼啸。

利奥在厨房倒了些威士忌，然后端着酒杯来到后院。孩子们都在他母亲家。三天前来过一封信，他的名字被用铅笔写在脏兮兮的信封上。那是整个夏天唯一一封不是催债的信。信上说，我们很快乐。我们喜欢奶奶。我们有了一条新狗，它叫六先生。它很可爱。我们爱它。再见。

他又去倒了一杯酒。他加了些冰块，看见自己的一只手在颤抖。他把那只手放在水池上。他盯着它看了一会儿，放下酒杯，伸出另一只手。然后他端起酒杯，回到屋外，坐在台阶上。他想起小的时候，父亲指着一栋漂亮的房子，一栋很高的白房子，四周种满了苹果树，还围着高高的白栅栏。“那是芬奇家。”他父亲羡慕地说，“他少说也破产过两次。瞧那房子。”但破产应该是企业彻底垮台，高管割腕、跳楼，成百上千的人流落街头才对呀。

利奥和托妮还有家具。他们的家具还在，托妮和孩子们的衣服还在。这些东西不会被没收。除此以外，还剩下什么？孩子们的自行车，但为保险起见，他已经把它们送到了他母亲家。几周前来了辆卡车，把便携式空调、各种器具、新的洗衣机和烘干机都拉走了。他们还剩下什么呢？零零散散，没什么值钱的了，剩下的只是些早已破烂不堪的东西。但是从前，他们曾经有过大型派对、美妙的旅游。去里诺和塔荷[①]，八十迈的速度，车篷敞着，收音机开着。食物是一项很大的开支。他们吃起来简直就是狼吞虎咽。他算了一下，光是为那些奢侈品就花了好几千美元。托妮进了商店，见到什么拿什么。“这些都是我小时候没有的东西，”她说，“不能让我的孩子们也没有这些。”就像是他一直都不让他们有似的。她还加入各种读书俱乐部。“小时候，我们家里根本就没有书。”她一边说，一边撕开厚厚的包装纸。他们为了能在新音响上放音乐，又加入了唱片俱乐部。他们什么都加入，甚至还买了一条名叫金泽尔的纯种小猎犬。为买这条狗，他花了两百美元，但一周后就发现它被撞死在街上。他们买了想要的一切。如果付不起，就用信用卡，就签字记账。

他的衬衣湿了，他能感觉到汗从腋下流出来。他手持空杯坐在楼梯上，看着阴影覆盖了整座院子。他伸伸腰，

① 塔荷，指靠近里诺的塔荷湖，是内华达州和加州交界处的一个高山湖。

抹了把脸。他听着高速公路上的汽车声。想着他是否应该走进地下室，站在水池上，用皮带把自己吊死。他知道自己真的很想去死。

回到屋里，他又调了一大杯酒。打开电视，给自己做了点吃的。他手拿伽里[1]和脆饼干，坐在桌前，看着电视里一个盲人侦探的故事。他收拾好桌子，洗了锅和碗，把它们擦干、收好，然后才让自己看了一眼钟。

九点多了。她已经走了快五个小时了。

他倒上威士忌，加了点水，端着杯子来到客厅。他坐在长沙发里，发现自己肩膀太僵硬，不能往后靠。他盯着屏幕，喝着酒，很快就又去倒了一杯。他重新坐下来。一个新节目开始了——十点整——他说："天哪，天晓得到底哪儿出了差错？"然后，他走进厨房，回来时，杯子里又倒上了威士忌。他坐下，闭上眼睛，听到电话铃声，立即睁开了眼睛。

"我想打电话来着的。"她说。

"你在哪儿？"他说。听到钢琴的声音，他的心跳了一下。

① 一种墨西哥食品，由红豆、牛肉末、辣椒等原料炖制而成。

“我不知道，”她说，“某个地方。我们正在喝酒，然后要去另一个地方吃饭。我和销售经理在一块儿，他很粗鲁。不过还行，他已经把车买下了。我得走了。我是在去厕所的路上看见这个电话的。”

“车卖掉了吗？”利奥问。他透过厨房的窗户望着自家的车道，她过去总是把车停在那儿。

“我告诉你了，”她说，“现在我得走了。”

“等等，等一下，看在老天的分上，”他说，“车到底卖出去了没有？”

“我刚刚出来的时候，他已经把支票本拿出来了，”她说，“我现在必须走了。我得去洗手间。”

“等等！”他喊道。那头的电话已经挂掉了，他听着话筒里的嘟嘟声。“老天啊。”他手拿听筒站在那儿。

他在厨房里转了一圈，又走回客厅。他坐下，又站起来。他在卫生间里非常仔细地刷了牙，又用了牙线。他洗了脸，又回到厨房。他看了看钟，从每只上面都画着一副扑克牌的套杯中取出一只干净的。他往杯子里装满冰块，然后盯着丢在水池中的那只杯子看了一会儿。

他靠着长沙发的一头坐下，把腿跷在沙发的另一头。

他看着屏幕，发现自己不明白那些人在说什么。他转着手上的空杯子，想把杯子的边咬下来。他打了一阵寒战，想上床去，可是他知道，他会梦见一个一头灰发的壮女人。他总在梦里弯腰系鞋带，当他直起身子时，她正看着他，他弯下腰来又系了一次。他看着自己的手，在他的注视下它握成了拳头。电话铃响了。

“你在哪儿，亲爱的？”他轻声细语地问。

“我们在这家餐馆。”她说，她的嗓音响亮明快。

“亲爱的，哪家餐馆？”他问道。用手掌抵住眼睛，揉了揉。

“市区的一家，”她说，“我想是‘新吉米’。对不起，”她在电话那端对什么人说道，“这是‘新吉米’吗？是‘新吉米’，利奥。”她对他说：“都办妥了，我们就快完事了，然后他会送我回家。”

“亲爱的？”他说。他把听筒靠在耳朵上，闭着眼，前后摇晃着。“亲爱的？”

“我得挂了，”她说，“我一直想打电话给你。好啦，猜猜多少钱？”

“亲爱的。”他说。

“六百二十五，”她说，“已经在我包里了。他说敞篷车不太好卖。我想我们生来就走运。”她说着笑了起来。“我把什么都告诉他了。我想我只能这样。”

“亲爱的。”利奥说。

“什么？”她说。

“求你了，亲爱的。”利奥说。

“他说他很同情，”她说，“不过他说什么我都不会觉得奇怪。”她又笑了起来。“他说如果是他，他宁愿自己被当成强盗或强奸犯，也不愿意是个破产的。不过他还算客气。”她说。

“回家吧，”利奥说，“叫辆车回家吧。”

“不行。”她说，“我告诉你了，我们正吃着饭呢。”

“我去接你。”他说。

“不行，”她说，“我说了，我们马上就结束了。我告诉过你，这也是交易的一部分。他们总想多得到点什么。不过别担心，我们就要走了。一会儿我就到家了。”她挂了电话。

几分钟以后，他打电话到“新吉米”。一个男人接的电话。“‘新吉米’已经打烊了。”那个男人说。

“我想跟我妻子说话。”利奥说。

“她在这儿上班吗？”那人问，“她是哪位？”

“她是个顾客，”利奥说，“她和一个人在一起。一个生意人。”

“我认识她吗？”那男的说，“她叫什么？”

“我想你不认识。”利奥说。

“没事了，”利奥说，“没事了，我看见她了。”

“谢谢你的来电。”那人说。

利奥快步跑到窗前。一辆他没见过的车子在房子前面减了速，然后又突然加快了速度。他等着。两三个小时后，电话铃又响了起来。等他拿起听筒，那边已经没人了，只剩下忙音。

“我就在这里！”利奥冲着听筒大叫。

天快亮时，他听见前廊上的脚步声。他从沙发上爬起来。电视还在嗡嗡叫，屏幕闪着白光。他打开门，她磕磕碰碰地走了进来。她咧嘴笑着。她的脸有点浮肿，好像在镇静剂的作用下睡了很久。她动了动嘴唇。当他举起拳头时，她费力地闪开身体，躲到一边。

“来啊。”她口齿不清地说。她摇摇晃晃地站在那儿。突然，她发出一声喊，向前一跃，抓住他的衬衣，把前襟一把扯开。“破产！”她尖叫道。她一扭身子，抓住他的汗衫领口，使劲扯。“你个婊子养的。”她说，用手挠他。

他捏紧她的手腕，然后放开，后退了一步，想找个有重量的东西。她跌跌撞撞地朝卧室走去。“破产了。”她嘟囔着。他听见她呻吟着，摔倒在床上。

他等了一会儿，朝自己脸上扬了些水，才走进卧室。他打开灯，看看她，开始动手脱她的衣服。脱她的衣服时，他把她翻过来倒过去。她在睡梦中嘀咕了些什么，手动了动。他脱下她的内裤，拿到灯下仔细检查，然后把它扔到角落里。他掀起床单，把她赤裸的身体裹起来，然后打开她的包。他正看着那张支票，就听见一辆车子开上了车道。

他透过前门的窗帘望出去，看见了车道上的敞篷车，马达平稳地运转着，车的前大灯亮着。他眨了眨眼，看见一个高个子男子从车前绕过来，来到前廊。他在那儿放了点什么后，又朝车子走回去。他穿了一身白色亚麻布西装。

利奥打开前廊上的灯，小心地打开门。最上面那级台阶上放着她的化妆包。那男子隔着车头看着利奥，然后坐进车里，松开了手刹。

“慢着！”利奥喊着，走下台阶。当他走进车灯的光线里时，那人刹住了车。车子在刹车的作用下发出嘎吱声。利奥想把他衬衣的两片前襟拢在一起，塞进裤子里。

“你想干什么？”那人说。“听着，”那人说，“我得走了。我不想冒犯你，我是个卖车的，是不是？那位女士落下了她的化妆包。她是个好女人，非常优雅。怎么了？”

利奥靠在车门上，看着那人。那人的手从方向盘上挪开，又放了回去。他挂上倒挡，汽车朝后倒了一点。

“我想告诉你。”利奥说，润了润嘴唇。

厄内斯特·威廉姆斯卧室的灯亮了，窗帘卷了起来。

利奥摇摇头，又塞了塞他的衬衣。他往后退了退。“星期一。”他说。

“星期一。”那人说，防范着突然的举动。

利奥慢慢点点头。

“那好，晚安。”那人边咳边说，“别往心里去，听见没有？星期一，很好。那好，就这样吧。”他的脚从刹车上挪开，车往后倒了两三英尺后，他又踩住刹车。“嗨，有个问题。朋友之间随便问问，它真跑了这么多里程吗？”

那人等着，清了清喉咙。“好吧，算了吧，都无所谓了。”他说，“我得走了，别往心里去。”他倒上公路，迅速地开走了。转弯时都没停一下。

利奥一边往里塞着衬衣，一边往回走。他锁上了前门，又检查了一下。然后他走进卧室，锁上门，掀开床单。关灯前，他又看了看她。他脱了衣服，在地上仔细地把它们叠好，钻进去躺在她身边。他仰面躺了一会儿，用手揪着肚皮上的毛，想着什么。他看看卧室的门，在外面黯淡的光线下，只能看见轮廓。隔了一会儿，他伸出手，碰了碰她的屁股。她没动。他侧过身，把手放在她的屁股上。他的手指在上面滑动，感受着上面的褶痕。它们像是道路。他追踪着她肉体上的这些道路，手指在上面划来划去，一条，又一条。路在她的身体上纵横交错，成打，也许有上百条。他记起他们刚买下这辆车子的第二天早晨，醒来后看见了它，它就在车道上，在阳光下闪闪发光。

信号

作为那晚计划好的一系列奢侈活动的第一项，韦恩和卡罗琳去了阿尔多，那是北面较远的一家高级餐馆。他们穿过放着小型雕塑、建有围墙的小花园，一个身着深色西服、头发灰白的高个子男人对他们说："晚上好，先生，女士。"为他们打开厚重的大门。

进门后，阿尔多本人领着他们参观了鸟笼——里面有一只孔雀、一对金色的雉鸟、一只中国环颈雉鸡，还有一些正在飞行或栖息着的叫不出名字的鸟。阿尔多亲自把他们领到餐桌旁，先给卡罗琳安排好座位，然后转身面向韦恩，离开前说了句："真是位可爱的太太。"他是一个个头不高、深肤色、带着温和口音的无可挑剔的男人。

他们对他的殷勤甚为满意。

"我在报上读到过，"韦恩说，"他一个叔叔在梵蒂冈担任着要职。这就是他能搞到这些油画复制品的原因。"

韦恩冲靠近他那面墙上的一幅委拉斯凯兹[1]复制品点了点头。“他叔叔在梵蒂冈。”韦恩说。

“他原来是里约科帕卡瓦纳的侍者总管[2],”卡罗琳说,“他认识弗兰克·辛纳屈[3],拉娜·透纳[4]是他的好朋友。”

“是吗？”韦恩说,“这我倒是不知道。我读到他在瑞士的维多利亚旅馆和巴黎的一些大酒店里做过。不知道他也在里约的科帕卡瓦纳做过。”

侍者往桌子上摆放沉重的高脚玻璃杯时,卡罗琳把包稍稍挪了挪。他倒完水后,在韦恩旁边站定。

“你看见他穿的那套西服了吗？”韦恩说,“现在很难见着这种西服了,一套三百块。”他拿起菜单。过了一会儿,他说:“嗯,你来点什么？”

“不知道,”她说,“我还没想好呢。你来点什么？”

“不知道,”他说,“我也没想好。”

“这种法国菜怎么样？韦恩？要不这种？在这一面。”

---

① 迭戈·委拉斯凯兹（Diego Velázquez，1599—1660），文艺复兴后期、西班牙黄金时代的一位画家。

② 原文为法语。

③ 弗兰克·辛纳屈（Frank Sinatra，1915—1998），美国著名歌手、演员，曾获由里根总统颁发的总统自由勋章。

④ 拉娜·透纳（Lana Turner，1921—1995），美国著名演员。

她把手指放在菜单上，眯着眼看着他，他正琢磨着那是哪一种语言，噘着嘴，皱着眉，摇着头。

“我不知道，”他说，“我想知道自己要吃的东西叫什么。我实在是看不懂。”

侍者拿着卡片和铅笔回来，说了几句韦恩听不太懂的话。

“我们还没想好。”韦恩说。见侍者还在桌边站着，他摇了摇头。“等我们想好了就和你示意。”

“我想我就来块西冷牛排吧。你点你想要的。”侍者离开后，他对卡罗琳说。他合上菜单，拿起高脚杯。透过邻桌压低的交谈声，韦恩能听见鸟笼那儿传来的鸟鸣声。他看见阿尔多正在招呼四位一起来的客人，一边和他们交谈，一边点头微笑，并把他们领到一张桌子跟前。

“我们完全可以有张好一点的桌子，”韦恩说，“而不是在正中央，大家都从你旁边经过，看着你吃饭。我们本可以有张靠墙的桌子，或者靠近喷泉那边的。”

“我就来菲力牛排。”卡罗琳说。

她还在看菜单。他弹出一支烟，点燃它，然后环顾周围其他用餐的人。卡罗琳还在盯着菜单看。

“好啦，看在老天的分上，如果那是你想要的，把菜单合上，他就会过来点单了。”韦恩抬起胳膊招呼那个侍者，而他正站在后面和其他侍者闲聊。

“除了和别的侍者吹牛就没事可干了。”韦恩说。

“他过来了。”卡罗琳说。

“先生？”侍者是个瘦瘦的、脸上留有痘痕的男人，穿着件松松垮垮的黑西服，打着黑色的领结。

“……我们来瓶香槟，我想就来小瓶的吧。那个，国产的就行。”韦恩说。

“好的，先生。”侍者说。

“现在就给我们上，然后再上沙拉和开胃碟。”韦恩说。

“嗯，开胃盘一起上吧，就这样。”卡罗琳说，“谢谢。”

“好的，太太。”侍者说。

“这帮人狡猾得很，”韦恩说，“你还记得那个叫布鲁诺的家伙吗？他过去工作日到办公室上班，周末去餐馆做侍者。他从装零用钱的盒子里偷钱时让弗雷德给逮着了。我们把他解雇了。”

“我们谈点高兴的事情吧。”卡罗琳说。

“好的，那当然。”韦恩说。

侍者往韦恩的杯子里倒了一点香槟，韦恩端起杯子，尝了尝，说：“很好，这个很不错。”然后他说：“敬你，宝贝。”他高举酒杯。“生日快乐。”

他们碰了碰杯。

“我喜欢香槟。”卡罗琳说。

“我喜欢香槟。”韦恩说。

“我们本可以来瓶枪骑兵[①]的。”卡罗琳说。

“哦，如果你想要的话，刚才为什么不说？”韦恩说。

“我不知道，”卡罗琳说，“刚才没想到。这个其实也不错。”

“我对香槟不太在行。我不在乎承认自己不是个……行家。也不在乎承认自己其实就是个乡巴佬。”他大声笑着，想引起她的注意，但她正忙着从盘子里挑选一颗橄榄。“不像你最近常来往的那伙人。但如果你想要枪骑兵的话，”他接着说，“你该点枪骑兵。”

“噢，快闭嘴！”她说，“你就不能说点别的？”她抬头

---

① 产自葡萄牙的一种起泡酒。

看着他，他不得不避开她的目光。他在桌子下面动了动脚。

他说："来点香槟吧，亲爱的？"

"好的，谢谢。"她轻声说道。

"敬我们。"他说。

"敬我们，亲爱的。"她说。

喝的时候他们一动不动地看着对方。

"我们应该经常这样。"他说。

她点了点头。

"不时地出来走走有好处。如果你想要我这么做，我会努力的。"

她伸手去拿芹菜。"这取决于你。"

"不是这回事！又不是我要去……要去……"

"要去干吗？"她说。

"我根本不在乎你去干什么。"他垂下眼睛说。

"是这样吗？"

"我不知道我为什么要提那个。"他说。

侍者端来了汤，拿走了酒瓶酒杯，又给他们的水杯加满了水。

“能给我拿一把汤匙吗？”韦恩问道。

“先生？”

“一把汤匙。”韦恩重复道。

侍者看上去很吃惊，随后又露出困惑的样子。他朝其他桌子扫视了一眼。韦恩对着汤碗做了个舀汤的动作。阿尔多出现在桌旁。

“一切都好吗？有什么问题吗？”

“我丈夫好像缺一把汤匙。”卡罗琳说。“不好意思，打扰了。”她说。

“应该的。请你拿一把勺子来[①]，”阿尔多用平静的声音对侍者说。他看了一眼韦恩，然后对卡罗琳解释道：“这是保罗的第一个晚班。他几乎不会说英语，但我相信您会同意他是个优秀的侍者。布置桌子的小伙计忘记放勺子了。”阿尔多微笑着。“难怪保罗有点手足无措。”

“这个地方真漂亮。”卡罗琳说。

“谢谢，”阿尔多说，“两位今晚能光临我不胜荣幸。您二位愿意参观一下酒窖和包房吗？”

---

① 原文为法文。

“非常愿意。”卡罗琳说。

“您二位用完餐后，我会请人陪同二位参观一下。”阿尔多说。

“那真是太好了。”卡罗琳说。

阿尔多微微鞠了个躬，再次看着韦恩。“祝二位用餐愉快。”他对他们说。

“那个混蛋。”韦恩说。

“谁？”她说，“你在说谁？”她放下勺子问道。

“那个侍者，”韦恩说，“那个侍者。这里刚来的那个蠢货，偏偏是他在为我们服务。”

“喝你的汤，”她说，“别把肺气炸了。”

韦恩点着一支烟。侍者送来了沙拉，拿走了盛汤的碗。

开始吃主餐时，韦恩说：“那个，你是怎么想的？我们之间还有可能吗？”他低下头，整理好膝头的餐巾。

“也许吧，”她说，“可能总是有的。”

“别跟我来这一套，”他说，“直接回答我。”

“别冲我叫。”她说。

“我在问你。”他说，“给我一个直接的答案。”

她说:“你要我写血书来保证吗?”

他说:“这倒是个不坏的主意。”

她说:“你给我听好了!我把这一生中最好的时光都给了你。一生中最好的时光!”

“一生中最好的时光?”他说。

“我今年三十六岁了,”她说,“今晚就三十七了。今晚,现在,此时此刻,我没法告诉你我之后要干什么。我只能走一步看一步。”

“我才不在乎你去干什么呢。”他说。

“真的吗?”她说。

他丢下他的叉子,又把餐巾扔在了桌上。

“你吃完啦?”她愉快地问道,“我们来点咖啡和甜点。我们来个好点的甜点,高级一点的东西。”

她吃光了她盘子里所有的食物。

“两杯咖啡。”韦恩对侍者说。他看了看她,又回过头来看着侍者。“你们有什么甜点?”他说。

“先生?”侍者说。

“甜点!”韦恩说。

侍者先盯着卡罗琳，然后又盯着韦恩看。

“不要甜点了，”她说，“什么甜点都别吃了。”

“巧克力慕斯，”侍者说，“橙子雪葩。”他微笑着，露出一嘴烂牙。“先生？”

“我根本就不想参观这个地方。”侍者离开后，韦恩说。

他们从椅子上站起身来时，韦恩在他的咖啡杯旁丢了张一美元的纸币。卡罗琳从她的手提包里拿出两美元，把纸币抹平，把它们放在那张一美元的边上，三张纸币排成了一排。

韦恩付账时，她在一旁等着。韦恩用余光看见阿尔多站在近门处，正往鸟笼里面丢谷粒。阿尔多向他们这边看了一眼，微笑着，继续用手指捻着谷粒，鸟儿在他跟前拣食。然后，他快速地掸了掸手，向韦恩这边走来，韦恩侧过脸，当阿尔多走近时，他故意微微转过身去。当韦恩回过头时，他看见阿尔多拿起卡罗琳的手，看见阿尔多很潇洒地并了一下脚后跟，看见阿尔多亲吻她的手腕。

“太太，您对今天的晚餐还满意吗？”阿尔多说。

“非常满意。”卡罗琳说。

“您会常来光顾吗？”阿尔多说。

“会的，”卡罗琳说，“有机会我就会来的。下次，我希望您能允许我到处瞧一瞧，但这次我们得先走了。”

“尊敬的女士，”阿尔多说，“我有样东西给您，请稍等片刻。”他向靠门的一张桌子上的花瓶伸过手去，优雅地转过身来，手里多了枝长茎的玫瑰。

“给您的，尊敬的女士。”阿尔多说。“但请小心。有刺。一位非常可爱的女士。”他对韦恩微笑着说，然后转身去迎接另一对客人。

卡罗琳站在那里。

“快走吧。”韦恩说。

“这就是他能成为拉娜·透纳朋友的原因。”卡罗琳说。她拿着那枝玫瑰，用手指捻着它。

“晚安！”她冲着阿尔多的背后喊道。

但阿尔多正忙着挑选另一枝玫瑰。

“我觉得他根本就不认识她。”韦恩说。

请你安静些，好吗？

一

拉尔夫·韦曼十八岁那年第一次出远门。临行前，他那在杰斐逊小学当校长，同时还在麋鹿俱乐部担任小号独奏手的父亲给了他一番忠告：人生是一件很严肃的事情，对一个刚起步的年轻人来说，是一项需要坚定毅力和意志的事业，一桩艰巨的任务，所有人都知道这点，尽管如此，回报却是丰厚的。拉尔夫·韦曼的父亲信奉这一套。

但上大学时拉尔夫的目标很模糊。他想成为一名医生，也想做律师，他选修了几门医科预备班课程，还学了法学史和商务法，可后来他得出结论：自己既没有做医生所需的冷静，也不具备学法律所需的不断阅读的能力，尤其是这种阅读可能涉及财产和继承问题。虽然拉尔夫还是东一下西一下地读着科学和商务课程，同时也选修了一些哲学和文学课程，并觉得自己正处在彻底认识自我的边缘。但是那种认识一直没有到来。在这一段时间——他人生的最低潮，后来他提到这段时间常这么说——拉尔夫认为自己几乎就要崩溃了：他加入了学校的一个兄弟会，每晚都喝得酩酊大醉。他因经常烂醉如泥而小有名气，被人叫作“杰克逊”，那是“小桶”酒吧酒保的名字。

大三那年，他受到一个极具感染力的老师的影响。那人是麦克斯韦博士，一位四十出头、英俊儒雅的男子，举止优雅，声音里有一丝南方口音，拉尔夫永远也忘不了他。他之前在范德堡[①]读书，还在欧洲留过学，之后参与了东部一两家文学杂志的工作。几乎一夜间，拉尔夫后来会这么说，他就决定要把教书作为自己的职业。他停止了狂喝滥饮，发奋读书，不到一年就被选入欧米茄·普西，全国新闻联谊会；他成了英语俱乐部的成员，并受俱乐部的邀请演奏三年来动都没动过的大提琴，还加入了一个刚组建的学生室内乐小组；他甚至还成功地竞选上了大四班级的干事。就在那时，他遇到了玛丽安·罗斯——学乔叟的课上坐在他身后的女孩，身材苗条、面容苍白美丽。

① 美国田纳西州一所私立大学。

玛丽安·罗斯留着长发，喜欢穿高领羊毛衫，无论走到哪儿，肩上总背着一个背带很长的皮包，她的眼睛大大的，似乎只要瞟上一眼，就能把一切尽收眼底。拉尔夫很乐意和玛丽安约会。他们去“小桶”和其他几个大家常去的地方，但他们从不让约会和来年夏天将要举行的订婚影响到自己的学业。他们俩都是非常认真的学生，双方父母最终认可了他们的关系。春天，拉尔夫和玛丽安到奇科的同一所高中实习，然后一起参加了六月份的毕业典礼。两周后，他们在圣詹姆士圣公会教堂举行了婚礼。

婚礼前夜他们握着对方的手，发誓将永葆婚姻的激情和神秘。

他们开车去瓜达拉哈拉[①]度蜜月，兴致勃勃地参观了几座衰败的教堂和昏暗的博物馆，度过了一个个逛集市和购物的下午。拉尔夫暗自被见到的肮脏和公开展露的色欲吓到了，急于回到加利福尼亚安全的环境中。然而，那个让他难以忘怀又深感不安的印象却与墨西哥无关。那是一个傍晚，当拉尔夫沿着一条尘土飞扬的小路向他们租住的

① 墨西哥哈利斯科州首府，墨西哥第二大城市。

小屋走去时，他看见玛丽安正手扶铁栏杆，一动不动地站在那里。她的长发搭在胸前，她没在看他，而是凝视着远处的什么东西。她穿着一件白衬衫，脖子上系了一条鲜红的围巾，他能看见她绷紧的白衬衫里乳房的形状。当时他胳膊下面夹着一瓶没贴商标的深色葡萄酒，整个场景让拉尔夫的脑中闪过某部电影里的一幕，那是非常戏剧化的一刻，玛丽安可以融入其中，而他却无法融入。

去度蜜月前，他们接受了一所高中的教职，尤利卡，位于加州北部伐木区的一个城镇。一年后，确定要在这所学校和这个城镇待下去后，他们付了首付，买下了火丘区的一栋房子。尽管拉尔夫并没有仔细想过，他仍觉得自己和玛丽安之间有着充分的了解，至少不比任何配偶之间的了解少。更重要的是，拉尔夫认为他了解他自己：他能做什么，不能做什么，以及他根据自己的情况谨慎权衡后规划了怎样的前程。

现在，他们的两个孩子多萝西娅和罗伯特，分别五岁和四岁了。罗伯特出生后不久，玛莉安在镇边一所专科学校获得了一个教法语和英语的职位，拉尔夫仍然留在中学里。他们认为自己是幸福的一对，他们的婚姻只遭受过唯一一次伤害，而那已经是很久以前的事了，到今年冬天就过去两年了。他们从来没再提起过那件事，但是拉尔夫有时会想到它——确实，他愿意承认，自己越来越多地想起它来。那些可怕的影像越来越频繁地出现在他眼前，包括某些难以想象的细节。因为他已认定，妻子曾为一个名叫米切尔·安德生的男人背叛过他一次。

这是十一月一个星期日的晚上，孩子们都睡着了，拉尔夫有点困，坐在沙发上改考卷，厨房传来收音机的柔和声音，玛丽安正在那里熨衣服，他感到非常幸福。盯着面前的考卷看了一会儿，把它们收起来，关上台灯。

“改完了，亲爱的？”他出现在厨房门口时，玛丽安微笑着问。她坐在一个高脚凳上，把熨斗竖起放在一旁，像是一直在等着他。

“真要命，还没完。”他夸张地做了个鬼脸，把考卷扔到餐桌上。

她大笑起来，爽朗、明快，仰着脸等候他的亲吻，他在她脸上轻轻吻了一下，从桌子下面抽出一张椅子，坐下来，翘起椅子的前腿往后仰，看着她。她又微笑了一下，然后垂下眼帘。

“我都快睡着了。”他说。

“咖啡？”她说，用手背贴了一下咖啡壶。

他摇摇头。

她拿起放在烟灰缸上的燃着的香烟，一边吸一边凝视着地面，然后把烟放回烟灰缸。她看着他，一丝暖意掠过她的脸。她身材高挑，胸部丰满，身体富有弹性，窄窄的胯部，一双漂亮的大眼睛。

“你没再想过那个派对？”她问道，仍然看着他。

他吃了一惊，在椅子里扭了扭身子，说：“哪个派对？你是说两三年前的那一个？”

她点点头。

他等着，见她没再往下讲，他说：“怎么了？既然你现在提起这件事，怎么了？”他接着又说：“他最终吻了你，那天晚上，是不是？我是说，我知道他那么做了。他确实想吻你来着的，有没有这回事？”

“我正好想起那件事，问你一下，没别的。”她说。“有时我会想起来。”她说。

“哎，他吻了，不是吗？说呀，玛丽安。”他说。

“你有没有再想过那个晚上？”她说。

他说：“没有。那是很久以前的事了，不是吗？三年还是四年前。你现在可以告诉我了。”他说：“和你说话的还是那个老杰克逊呀，忘记啦？”他们俩同时很突然地大笑起来，她突然开口：“是的。他确实吻了我几下。”她微笑着。

他知道自己应该和她一起微笑，但是他做不到。他说：“你过去告诉我他没有。你说他只是开车时用胳膊搂着你。到底哪个是真的？”

“你干吗这样？”她恍惚地说。“你那天晚上跑到哪儿去了？”他在咆哮，俯身看着她，两腿发软，收起拳头准备再次出手。这时她说：“我什么都没干，你为什么打我？”

“我们怎么就扯到这上面来了？”她说。

“是你开的头。”他说。

她摇摇头：“我也不知道怎么就想起这个来了。”她咬住上嘴唇，眼睛盯着地板。然后她直起肩膀抬起头来：“你帮我把熨衣板搬开，亲爱的，我去做点热饮。朗姆酒加奶油，怎么样？”

“很好。”他说。

她走进客厅，打开台灯，弯腰从地上捡起一本杂志。他注视着她裹在格子呢裙里的臀部。她走到窗户跟前，看着外面的街灯。她用手掌抹了抹裙子，然后开始把衬衫下摆往裙子里塞。他怀疑她是否觉得他正在观察她。

他把熨衣板立起来放到走廊的壁橱里，重新坐下来，她走进厨房时，他说："那么，那天晚上你和米切尔·安德森之间还发生了什么？"

"没什么，"她说，"我在想其他事情。"

"什么事？"

"孩子们的事，我在想多萝西娅复活节要穿的衣服，还有我明天要教的课。我想看看学生们喜不喜欢兰波[①]的诗歌。"她笑了起来，"我真不是为了押韵才这么说的[②]，拉尔夫，真的，什么都没有发生，我真后悔提起这件事。"

"那好吧。"他说。

他站起身来，靠在冰箱旁边的墙上，看着她把糖舀进两只杯子，加进朗姆酒搅了搅。水开了。

① 阿尔蒂尔·兰波（Arthur Rimbaud，1854—1891），十九世纪法国诗人，早期象征主义诗歌代表人物，超现实主义诗歌的鼻祖。

② 前文对话中上句为"And about the class I'm going to have tomorrow"，下句为"I was thinking of seeing how they'd go for a little Rimbaud"，前后押韵。

“要我说，宝贝，既然已经说起这件事了，”他说，“而且这已经过去四年了，就这件事我们没有什么不能谈的，假如我们想谈的话，是吧？”

她说：“真的没什么好谈的。”

他说：“我想知道。”

她说：“想知道什么？”

“他除了吻了你以外还干了什么。我们都是成年人。我们已经有好多年没见到安德森他们了，有可能再也不会见到他们了，这都是很久以前的事了，这件事我们有什么不可以谈的呢？”他对自己的振振有词感到惊讶。他坐了下来，看着桌布，又抬起头看着她。“怎么样？”他说。

“这个嘛，”她说，顽皮地笑起来，像小女孩一样把头偏向一边，回想着。“不，拉尔夫，真的，我真的不想这么做。”

“看在老天的分上，玛丽安！我现在不是在跟你开玩笑。”他说。他突然明白自己确实很认真。

她关掉煤气炉，把手放在凳子上，然后重新坐下来，鞋后跟搭在凳子底部的木条上。她身体前倾，手臂支在膝盖上，衬衣被乳房撑得紧紧的。她挑拣着裙子上的一个什么东西，然后抬起头来。

“你应该记得艾米丽先跟比蒂夫妇一起回去了，不知道为什么米切尔还留在那里。那天晚上他一开始就有点心神不定。我也不知道，也许他们在闹别扭，艾米丽和他，但我并不清楚。我和你，富兰克林两口子，加上米切尔·安德森还待在那里。我们大家都有点醉了。我也不知道怎么搞的，拉尔夫，但我和米切尔那会儿碰巧就单独待在厨房里，威士忌都喝光了，我们喝的那种白葡萄酒也只剩下了一点点。那时肯定已经快到午夜一点了，因为米切尔说：‘如果我们乘着一双大翅膀飞过去，就能在酒品店打烊前赶到。’你知道只要他愿意的话，他会有多么戏剧化吗？手舞足蹈的，再加上面部表情？总之，他看上去非常滑稽。至少那个时候是这样的。而且我得说，他醉得也很厉害。我也一样，就喝醉而言。那是一种冲动。拉尔夫，我不知道我为什么要那么做，别问我，他说我们走吧，我答应了。我们是从后门出去的，他的车子就停在那里。我们走得就像……我们要……连壁橱里的外套都没有拿，我们以为一会儿就会回来。我不知道我们当时在想什么，我觉得。我不知道我为什么要去，拉尔夫。那是一种冲动，我只能这么说。是种错误的冲动。”她停顿了一下，“那天晚上是我的错，拉尔夫，我很后悔。我不该做那样的事情——我知道。”

“天啊！”这句话从他嘴里一下子蹦了出来，“可是你从来都是这样的呀，玛丽安。”他立刻明白，他说出了一个新的、意味深长的事实。

他的脑子里塞满了各种各样的指责，他想把注意力集中在其中一个上面。他低头看着自己的手，注意到它们与那次看见阳台上的她时一样，没有一点活力。他拿起桌上打分用的红铅笔，又把它放了下来。

“我在听。”他说。

“听什么？”她说。“你在发火，在骂人，拉尔夫，为没有的事情——什么都没有，亲爱的！……没有别的事情。”她说。

“继续。”他说。

她说：“我们到底是怎么了？你知道这是怎么开始的吗？因为我不知道这是怎么开始的。”

他说：“继续，玛丽安。”

“就这些了，拉尔夫，”她说，“我都告诉你了。我们开车兜了一圈。我们聊了一会儿。他吻了我。我至今不明白我们怎么就出去了三个小时——或者你说的那么久。”

“告诉我，玛丽安。”他说，他知道不止这些，也知道自己早就知道了。他感到胃里一阵痉挛，然后说：“算了。如果你不愿意告诉我，那也没什么。实际上，我倒是希望就到此为止了。”他脑子里飞快闪过一个念头：如果没有结婚的话，他今晚会在其他地方做着其他的事，那会是一个清静的地方。

“拉尔夫，”她说，“你不会发火吧，是吧？拉尔夫？我们只是聊聊而已。你不会的，是吧？”她已经走到桌旁的一张椅子边上。

他说：“我不会。”

她说：“说话算话？”

他说：“算话。”

她点着一根烟。他突然有一股冲动，想去看看孩子，把他们从床上抱起来，他们沉甸甸的，还在睡梦中扭动着，他会一条腿上放一个，把他们颠醒。他把全部的注意力都集中到桌布上画着的一辆黑色小马车上。每辆马车由四匹奔腾跳跃的小白马拉着，赶马车的人戴着高礼帽，举起手臂，车顶上捆着行李箱，侧面挂着一个看上去像是煤油灯的东西，如果说他还在听，就是在听这辆黑色马车里传出的声响。

“……我们直接去了酒品店，我在车里等，他从店里走出来，一只手里拿着一个纸袋子，另一只手里是一包用塑料袋装着的冰块。上车时他稍微摇晃了一下。直到我们又开车上路，我才发现他醉得有多厉害。我注意到他开车的样子，开得慢极了，整个身体伏在方向盘上，眼睛直瞪瞪的。我们谈论了许多毫无意义的事情，我想不起来了。我们谈到了尼采[①]。斯特林堡[②]。他第二学期正在导演的《朱莉小姐》。然后又说到诺曼·梅勒[③]用刀刺伤他妻子的胸部。后来他在路中间停了一会儿。我们每人就着酒瓶喝了一口。他说他不愿意去想我被人刺伤了胸部。他说他想吻一下我的胸部。他把车子开到路边，把头枕在我的大腿上……”

她急急忙忙地往下说着，他坐在那里，双手交叠着放

---

① 弗里德里希·威廉·尼采（Friedrich Wilhelm Nietzsche，1844—1900），德国哲学家、诗人、文学评论家和语言学家，对后代哲学的发展影响极大，尤其是在存在主义和后现代主义上。

② 奥古斯特·斯特林堡（August Strindberg，1849—1912），瑞典剧作家、作家、诗人和画家，后文提到的《朱莉小姐》为其代表作之一。

③ 诺曼·梅勒（Norman Mailer，1923—2007），美国作家、记者，以纪实作品闻名，代表作《刽子手之歌》。

在桌子上，注视着她的嘴唇。他的眼睛扫过厨房——炉子、餐巾纸架、炉子、碗碟橱、烤面包机，又回到她的嘴唇，回到桌布上的马车上。一种奇特的想要她的愿望流过他的下体，他感到了马车持续不断的摇晃，他想让它停下来，这时，他听见她在说：“他说我们要不要来一次？”她接着说：“怪我。全怪我。他说由我来决定，我愿意怎样就怎样。”

他闭上了眼睛。他摇晃着脑袋，试图构想出另外的可能，其他的结果。他甚至在想是否可以回到两年前的那个夜晚，想象自己在他们正要出门的时候走进厨房，听见自己用诚恳的口吻对她说：哦，不行，不行，你不能跟那个米切尔·安德森去做任何事！那个家伙喝醉了而且他开车技术也不好而且你现在该回去睡觉了而且你早晨得和小罗伯特和多萝西娅一起起床，打住！你给我打住！

他睁开眼。她用一只手捂住脸，大声哭着。

“为什么要这样，玛丽安？”他问。

她埋着头，摇晃着脑袋。

忽然间他明白了！他心头一震。有那么一阵他只能默默地盯着自己的双手。他明白了！这种明白在他的头脑里咆哮着。

"老天！你不该这样！玛丽安！我的天哪！"他说着猛地推开桌子，"老天！你不该这样！玛丽安！"

"别这样，别这样。"她说，头往后仰着。

"你让他做了！"他尖叫起来。

"别这样，别这样。"她恳求道。

"你让他做了！来一次！有没有？有没有？来一次！他是不是这么说的？回答我！"他叫喊道，"他进到你里面了吗？你们来一次的时候，他有没有进到你里面？"

"听着，听我说，拉尔夫，"她轻声说道，"我向你发誓他没有。他没有进来。他没有进到我里面。"她在椅子上左右摇晃着。

"哦天哪！真该死！"他尖声叫喊道。

"天哪！"她说，站起来，伸出双手，"我们疯了吗，拉尔夫？我们都昏了头了吗？拉尔夫？原谅我，拉尔夫。原谅——"

"别碰我！滚开！"他尖叫道。他在尖叫。

她惊恐得喘息起来。她试图拦住他，但是他抓住她的肩膀，一把推开了她。

“原谅我，拉尔夫！求你了。拉尔夫！”她尖叫着。

二

他不得不停下脚步，靠在路边的一辆汽车上喘息。两对穿着晚礼服的男女沿人行道朝他走来，其中一个男子正大声讲着一个故事。其他人已经笑了起来。拉尔夫离开车子，穿过马路。几分钟后他来到了“布莱克”，每周有几个下午，在去幼儿园接孩子之前，他会和迪克·凯尼格来这里喝啤酒。

酒吧里很暗。靠墙的一排桌子上，插在长颈瓶里的蜡烛摇曳着。拉尔夫瞥了一眼交谈中的男男女女的身影，他们的头凑在一起。靠近门口的一对停了下来，抬起头看着他。天花板上一个像箱子一样的装置在人们头顶旋转，射出一束束光线。吧台的一端坐着两个男人，其中一个的深色剪影俯伏在角落里的自动点唱机上，他张开的双手贴在点唱机两侧的玻璃上。这个男人想要点播些什么，拉尔夫心想，好像有了一个重大发现，他站在场子中央，注视着那个男人。

“拉尔夫！韦曼先生！”

他朝四下看了看。原来是大卫·派克斯在吧台后面招呼他。拉尔夫走过去，先重重地趴在吧台上，再滑坐到一张凳子上。

“来一杯吗，韦曼先生？”派克斯拿起一个杯子，微笑着。拉尔夫点点头，看着派克斯倒酒，看着派克斯在龙头下面把杯子倾斜成一个斜角，等到杯子里的酒快满了，再平稳地把杯子立起来。

“日子过得怎样，韦曼先生？”派克斯把一只脚踏在吧台下面的架子上，“下周这场球谁会赢，韦曼先生？”拉尔夫摇摇头，把啤酒凑近嘴唇。派克斯微微咳嗽了一声。“我请你喝一杯，韦曼先生。这杯算我的。”他把腿放下来，很肯定地点点头，把手伸进围裙里面的口袋里。“这儿，我这儿有。”拉尔夫说着掏出一把零钱，放在手心里查看。一枚二十五美分的，一枚五美分的，两枚十美分的，还有两枚一美分的。他数着它们，好像那是一些等待破译的密码。他放下那个二十五美分的硬币，站起来，把剩下的零钱放回口袋里。那个人还站在点唱机跟前，两只手仍然放在点唱机的两侧。

出了门，拉尔夫转了一圈，拿不定主意接下来该干什么。他的心在狂跳，像在跑步似的。他身后的门打开了，一男一女走了出来。拉尔夫让开路，他们上了路边停着的一辆车，拉尔夫看见那个女人上车时猛甩了一下头发：他从来没见过如此恐怖的动作。

他走到街道尽头，穿过马路，又走了一条街，决定去市区。他匆匆地走着，放在口袋里的双手握成了拳，鞋子在人行道上发出踢踏声。他不停地眨眼，不敢相信这就是他生活的地方。他摇摇头，很想找个地方坐下来，好好想想，可是他知道自己坐不下来，也想不清楚。他想起自己在阿克塔[①]一条马路边上见过的一个男人，一个戴着棕色羊毛帽、胡子拉碴的老人，把手臂放在两腿之间，就那么坐着。随后拉尔夫在想：玛丽安！多萝西娅！罗伯特！不可能。他试图想象二十年后一切会怎样，可是他什么都想象不出来。接着他想象自己没收了一张在他的学生们之间传递的纸条，上面写着：我们要不要来一次？这之后他想不下去了，感到一种极度的冷漠。他想到了玛丽安，想到不久前见到的玛丽安，脸皱成一团。玛丽安躺在地上，牙

① 美国加利福尼亚州北部城市。

齿上沾着血："你为什么打我？" 然后玛丽安把手伸到衣服里面解开腰带！玛丽安掀起衣服弓起腰身！玛丽安激情燃烧。玛丽安大喊着：来吧！来吧！来吧！

他停了下来。他确信自己就要吐了。他走到路边。他不停地吞咽着，他抬起头，一辆载着年轻人的车子从他身边开过，他们朝他大声喊叫，对着他按了一声长长的喇叭，带着音乐声。真的，一种庞大的邪恶在推动世界，他心想，只需要一个小小的疏忽，一点点缝隙。

他来到第二街，这里的人都叫它"二街"。它从希尔顿酒店起始，街灯照着的地方是旧公寓房的一端，往前走四五个街口就是停靠渔船的码头。六年前他来过这里一次，去一家二手店，在落满灰尘的书架上翻看旧书。街对面有一家酒品店，他能看见里面紧靠玻璃门站着一个男子，正在翻看报纸。

门上方的铃铛响了一声。这一声响让拉尔夫差点哭出声来。他买了香烟，又走了出来，沿着街道往前走，看着街边的橱窗，有的橱窗上贴着广告：一张是舞会的，去年夏天来过又走的圣地马戏团，一张是选举的——弗雷德·沃特斯竞选市议员。其中一个橱窗里，一张桌子上散乱地放着一些水池和水管接头，这也让他热泪盈眶。他来到维克·坦内健身中心门口，看到遮住一扇大窗户的窗帘底下漏出的灯光，听见里面游泳池传出的戏水声和水面上回荡的嬉闹声。街上的灯光更多了，来自街道两边的酒吧和小餐厅，人也越来越多，三四个人一组，偶尔也能见到独自行走的男人，或者一个身穿色彩鲜亮的休闲裤、步履匆匆的女人。他在一扇窗户跟前停住脚步，看几个黑人打台球，台球桌上方灯光明亮，烟雾缭绕。一个戴着帽子、嘴里叼着烟的男人正在给球杆的杆头上壳粉，他对另一个人说了句什么，两人都咧开嘴笑了起来，随后他专注地看着球，朝台球桌俯下身子。

拉尔夫在“吉姆生蚝馆”前停住脚。他从没来过这里，也没去过这一类的地方。大门上方的黄色灯泡拼出〝吉姆生蚝馆〞[1]几个字。店名上方，一个霓虹灯做的大贝壳被固定在一个铁烤架上，贝壳里面伸出两条人腿，人的身体藏在贝壳里，人腿上闪着红光，忽明忽灭，上上下下，看上去像是在踢腿。拉尔夫用手里的烟把另一支烟点着，推开

① 原文为大写。

了门。

里面很拥挤，舞池里的人挤成一团，互相搂抱着，摆好姿势等着乐队重新开始演奏。拉尔夫拨开人群朝吧台走去，其间被一个喝醉了的女人一把拉住外套。吧台前没有凳子，他只好走到吧台的一端，站在一个海岸警卫队队员和一个穿着牛仔服的干瘦男人之间。他从镜子里看见乐队的人从桌旁站了起来。他们穿着白衬衫、深色裤子，脖子上系着一小根红带子。壁炉里，煤气火焰在金属做成的假木头后面燃烧着。乐队的台子就在壁炉的一侧。一名乐手拨弄了一下电吉他的弦，带着会心的笑容，朝其他几名乐手说了些什么。乐队开始演奏。

拉尔夫举起酒杯一饮而尽。他听见稍远处一个女人愤怒的说话声："好吧，肯定会出事的，我只想说这么多。"一首曲子演奏完了，乐手们开始演奏下一首。其中一个贝斯手，走到麦克风跟前唱了起来。但拉尔夫听不懂歌词。乐队再次休息期间，拉尔夫四下寻找厕所。他隐约看见酒吧尽头有几扇开开关关的门，就朝那个方向走去。他有点站不稳，知道自己喝醉了。有扇门的上方摆了一架鹿角。他看见一个男人走了进去，另一个男人接住打开的门，走了出来。里面还有三个男人在排队等候，他发现自己正盯着零售机上方，看着墙上画的张开的大腿和私处。画的下方潦草地写着：吃我[1]。再下面有人加了一条：贝蒂吃它—RA52275。前面的人往前移动了一位，拉尔夫向前迈了一步，他被“贝蒂”这两个字压得喘不过气来。他终于来到了便池跟前，那是一泡又急又长的尿。他长叹一声，身体向前倾，把头靠在了墙上。哦，贝蒂，他心想，他的生活改变了，他愿意去理解。有没有谁，他醉醺醺地想着，也能从生活中的某件事中，察觉出那些给他们的生活带来灾难性变化的微小因素？他在那里站了一会儿，然后低头往下看：他尿在自己的手指上了。他来到水池跟前，打定主意不去碰那块脏兮兮的肥皂，用水浇着手。在扯擦手纸时，他把脸凑近坑坑洼洼的镜子，看着自己的眼睛。一张普普通通的脸。他触摸了一下镜面，有个男人要越过他去洗手池，他让开了。

从厕所出来后，他注意到走廊另一端有一扇门。他走过去，透过门上的玻璃，看见四个围坐在一张盖了绿毯子的桌旁打牌的男子。眼前的景象让拉尔夫感觉到无限的平

① 原文为大写。

和宁静，男人无声的动作沉重怠惰，但却具有某种意义。他贴着门上的玻璃看着，直到觉得里面的人注意到了他。

回到酒吧里，到处是欢快的吉他声，人们在鼓掌欢呼。一个穿着白色晚礼服的中年肥胖女子被人推上了台，她不停地往后推脱着，不过拉尔夫看得出那是假惺惺的谦让，她最终接过麦克风，微微屈了屈膝。人群在吹口哨和跺脚。他突然意识到：除了去和打牌的人待在同一个房间，看他们玩牌，别的什么都救不了他。他掏出皮夹，数钱的时候用手遮住皮夹。身后的女人用一种昏昏欲睡的低沉嗓音唱了起来。

庄家抬起头来。

“决定加入我们了？”他说，上下打量了一下拉尔夫，又巡视了一遍牌桌。其他几个人抬头看了一眼，又低头看着桌上发的牌。大家拿起牌，背对拉尔夫坐的那个男子夸张地用鼻子喘着粗气，从椅子上转过身来，恼怒地看着拉尔夫。

“本尼，再拿张椅子过来！”庄家对正在打扫桌底的老头喊道，椅子全部倒扣在桌子上。庄家是条大汉，他穿着一件白衬衫，领口敞着，袖口往上卷了一截，小臂上长满卷曲的黑色汗毛。拉尔夫深吸了一口气。

“想喝点什么？”本尼问，拿过一把椅子。

拉尔夫给了老头一块钱，脱了外套。老头接过外套，出门时把它挂在了门边上。两个男人把椅子挪开了一点，拉尔夫在庄家的对面坐了下来。

“日子过得怎么样？”庄家对拉尔夫说，没有抬头。

“还行。”拉尔夫说。

庄家仍然低着头，轻声说道：“小同花或者五张牌。下注仅限台面，加注不超过五块。”

拉尔夫点点头，玩完那副牌后，他买了十五块的筹码。他看着纸牌在桌面上飞快地发着，照着他父亲过去的做法，捡起落到面前的每一张牌，把它插到另一张牌的一角下。他只抬了一次头，看了一眼其他人的脸。他琢磨着他们当中谁有过类似的经历。

半小时里他赢了两把，没去数他面前的一小堆筹码，他觉得自己应该还有十五块甚至二十块钱。他用一个筹码买了一杯酒，突然意识到这一晚他已经走了很远，在人生的路上走了很远，杰克逊，他心想，他成了杰克逊。

“你下不下注？”一个人问，“克莱德，老天啊，一注多少来着？”

“三块。”庄家说。

“下，”拉尔夫说，“我下。”他往筹码堆里扔了三个筹码。

庄家抬头看了一眼，又低头看着手里的牌。“你要是想玩点大的，这边完了以后去我那里。”庄家说。

“不了，不用了，”拉尔夫说，“今晚已经够刺激的了。我今晚刚发现，我老婆两年前和一个家伙鬼混。我今晚发现的。”他清了清嗓子。

一个男人放下他手里的牌，点着一支雪茄。他一边往外喷烟，一边盯着拉尔夫看，随后他晃灭火柴，又把牌拿起来。庄家抬起头，把摊开的双手放在桌子上，黝黑的手背上黑色的汗毛卷曲得厉害。

“你在镇上上班？”他对拉尔夫说。

“我住在附近。”拉尔夫说。他有种被耗尽了的感觉，空荡荡的。

“我们玩还是不玩？”一个男人说，“克莱德？”

“沉住气。”庄家说。

“看在上帝的分上。”那个男人小声地说。

“今晚你发现什么了？”庄家问。

“我老婆，”拉尔夫说，“我发现了。”

小巷里，他又掏出皮夹，用手指头数着剩下的纸币：两块。他觉得口袋里还有一些零钱，足够买点吃的了。不过他并不饿，他疲惫地靠在一栋建筑物上，试图理出头绪来。一辆汽车转进巷子，停下，又倒了出去。他开始沿着来路往回走。他紧挨着路边的建筑，避开人行道上嘈杂的人流。他听见一个穿大衣的女人对身边的男人说：“根本不是那回事，布鲁斯，你不懂。”

他停在酒品店门口，进门后走到柜台跟前，研究起一长列排列整齐的酒瓶来。他买了半品脱的朗姆，又买了一包烟。酒瓶标签上的棕榈树、低垂的大片蕨叶和背景里的环礁湖吸引了他，这时他意识到：朗姆！他觉得自己要昏倒了。售货员——一个穿背带裤的小个秃头男子，把酒瓶放进一个纸袋，算好账，眨了眨眼：“今晚给自己来点乐子？”

出门后，拉尔夫朝码头走去，他很想看看反射着灯光的水面。他在想，要是换作麦克斯韦博士，会怎样处理这件事。他一边走，一边把手伸进纸袋里，打开小酒瓶的封口，然后停在一扇门前，喝了一大口酒，他觉得麦克斯韦博士会很潇洒地坐在水边。他跨过几条旧电车轨道，转到另一条街上，一条更昏暗的街道。他听到了水波拍打码头的声音，这时他听见有人从他身后赶上来。一个身穿皮夹克的小个头黑人走到他前面，说："伙计，等一下。"拉尔夫企图绕过他。那个男人说："天哪，宝贝，你踩住的是我的脚！"没等拉尔夫跑开，那个黑人已朝他的肚子狠狠来了一拳，拉尔夫呻吟着往下倒，那人用张开的手击中了他的鼻子，把他打得再次靠在了墙上，他顺着墙跌坐下来，一条腿压在了身下，他正想着怎样爬起来，黑人又扇了他一巴掌，把他打得趴在了人行道上。

三

他把视线固定在一个地方，看见了它们，有好几十只，在乌云笼罩的天空下俯冲盘旋，那是海鸟，它们在清晨的这个时间段从海上飞来。街道上很黑，还下着雾，他不得不小心翼翼地走着，避免踩到不停爬到潮湿人行道上的蜗牛。一辆亮着大灯的车子经过时慢了下来。又过去一辆车子，然后是另一辆。他看了看，工厂的工人，他自言自语道。现在是星期一的早晨。他转了个弯，走过“布莱克”，酒吧的窗帘都放下来了，空酒瓶像哨兵一样立在门旁。天很冷，他尽量走得快一点，不时抬起手臂揉揉肩膀。他终于来到了家门口，门廊处亮着灯，窗户里黑漆漆的。他穿过草坪绕到房子背后。他转了一下门把手，门轻轻地打开了，房子里面很安静。靠着滴水板的高脚凳还在那里，他们曾经围坐过的桌子还在那里。他曾从沙发上站起来，走进厨房，坐下。他还做了什么？他没再做过什么了。他看了一眼炉子上方的钟。从这里他能看见餐厅，铺着花边桌布的餐桌，餐桌中央装饰着的沉甸甸的红色玻璃火烈鸟，鸟的翅膀伸展着，桌子后面的布窗帘拉开了。她曾站在那扇窗户前面等他？他踏上客厅的地毯。沙发上扔着她的外套，借助灰暗的光线，他辨认出一个装满她的滤嘴烟蒂的大烟缸。经过茶几时，他看见一本打开的电话簿。他在开了一条缝的通向他们卧室的门口停住脚步。对他来说，好像所有的东西都是打开的。有那么一阵，他强忍着想要看见她的愿望，用手指把门推开了一点。她在睡觉，头离开了枕头，转向墙壁一侧，床单衬托着她的黑发，被单从床脚拉了上来，在她肩膀处隆成一团。她侧躺着，神秘的身体在臀部那里弯曲。他凝视着。他到底该怎么办？拿上自己的东西离开？去一家旅馆？做出某种安排？在这种情况下，一个男人该怎么做？他知道事情已经发生了。他不明白接下来该干什么。整栋房子非常安静。

他来到厨房，在桌旁坐下，把头伏在手臂上。他不知道该干什么。不只是现在，他想，不只是关于这个，不只是为了这个，不只是今天和明天，而是今后的每一天。这时他听见孩子们的声音。当他们走进厨房时，他坐直身体，努力挤出点微笑来。

“爸爸，爸爸。”他们晃着幼小的身体朝他跑过来。

“给我们讲个故事，爸爸。”他儿子说，爬到他的腿上。

“他还不能给我们讲故事，”他女儿说，“还太早。是不是呀，爸爸？”

“你脸上是什么，爸爸？”他儿子说，用手指着。

“我看看！”他女儿说，“我看看，爸爸。”

“可怜的爸爸。”他儿子说。

“你的脸怎么了，爸爸？”他女儿说。

“没什么，”拉尔夫说，“没关系，甜心。快下来，罗伯特，我听见你妈来了。”

拉尔夫快速走进卫生间，锁上了门。

“刚才是你爸爸吗？”他听见玛丽安大声问道，“他在哪里？在卫生间？拉尔夫？”

“妈妈，妈妈！”他女儿哭喊着，“爸爸的脸受伤了！”

“拉尔夫！”她转动着门把手，“拉尔夫，让我进来，求求你，亲爱的。拉尔夫？求你让我进来，亲爱的，我想看看你。拉尔夫？求你了！”

他说：“走开，玛丽安。”

她说：“我不能走。求求你，拉尔夫，开一下门，亲爱的。我只想看看你，拉尔夫。拉尔夫？孩子们说你受伤了。怎么了，亲爱的？拉尔夫？”

他说：“滚开。”

她说：“拉尔夫，开开门，求你了。”

他说：“请你安静些，好吗？”

他听见她等在门口，看见门把手又转动起来，随后，他听见她在厨房里走动，打发孩子们吃早饭，回答他们的提问。他久久地看着镜子里的自己，对着自己做鬼脸。他试了各种表情，然后放弃了。他转身离开镜子，坐在浴缸边上，开始解鞋带。他手里拿着一只鞋坐在那里，看着塑料淋浴帘上一艘艘快船穿过广阔的蓝色海洋。他想起了桌布上的黑色小马车，几乎要大喊一声：停下来！他解开衬衫，趴在浴缸边上，叹了一口气，用塞子塞住浴缸。他打开热水，蒸汽很快升了起来。

进入浴缸前，他光着身子站在瓷砖上，用手抓起一把肋骨上的皮肉。他在起了雾的镜子前面再次打量起自己的面孔。玛丽安喊他时，他吓了一跳。

“拉尔夫。孩子们在他们自己的房间里玩呢。我给冯·威廉姆斯打了电话，说你今天不去上班，我会待在家里。”她接着又说，“我在炉子上放了为你准备的可口早餐，亲爱的，等你洗完澡，拉尔夫？”

“安静点，求求你。”他说。

他待在卫生间里，直到听见她去了孩子们的房间。她在给他们穿衣服，问他们还想跟沃伦和罗伊一起玩吗？他穿过房子进到卧室里，关上了门。上床前他先看了看床。他仰面躺着，眼睛盯着天花板。他曾经从沙发上站起来，曾经走进厨房里，曾经……坐……下来。玛丽安走进来时，他猛地闭上眼睛，转身侧躺。她脱掉睡袍，坐在了床上。她把手伸进被单里，开始抚摸他的后腰。

“拉尔夫。”她说。

他的身体在她手指下面绷紧了，然后他放松了一点。放松一点会容易一些。她的手移过他的臀部，移过他的腹部，现在她在用身体挤压他，在他身体上移动，来来回回。他忍着，后来他考虑着，用尽可能长的时间。他开始转向她。他转啊转啊，像是要从一个巨大的睡梦中转过身来，他还在转身，惊讶于身体感受到的那种不可能的变化。

图书在版编目（CIP）数据

请你安静些，好吗？／（美）雷蒙德·卡佛著；小二译．－－海口：南海出版公司，2022.1
ISBN 978-7-5442-9995-4

Ⅰ．①请…　Ⅱ．①雷…　②小…　Ⅲ．①短篇小说－小说集－美国－现代　Ⅳ．①I712.45

中国版本图书馆 CIP 数据核字（2021）第 213029 号

著作权合同登记号　图字：30—2021—110

请你安静些，好吗？
〔美〕雷蒙德·卡佛 著
小二 译

出　　版　南海出版公司　(0898)66568511
　　　　　海口市海秀中路51号星华大厦五楼　　邮编 570206
发　　行　新经典发行有限公司
　　　　　电话(010)68423599　　邮箱 editor@readinglife.com
经　　销　新华书店

责任编辑　黄宁群
特邀编辑　唐阅辉　周雨晴　吕宗蕾
营销编辑　王　靖　李筱竹
装帧设计　韩　笑
内文制作　田晓波

印　　刷　北京盛通印刷股份有限公司
开　　本　850毫米×1092毫米　1/32
印　　张　10
字　　数　153千
版　　次　2022年1月第1版
印　　次　2022年1月第1次印刷
书　　号　ISBN 978-7-5442-9995-4
定　　价　59.00元